브런치에서
책으로 피어나다

브런치에서 책으로 피어나다

작가가 된 워킹맘의 글쓰기 이야기

초 판 1쇄 2026년 01월 16일

지은이 전선자
펴낸이 류종렬

펴낸곳 미다스북스
본부장 임종익
편집장 이다경, 김가영
디자인 임인영, 윤가희, 윤영빈
책임진행 김은진, 이예나, 안채원, 국소리, 송가희, 이지영

등록 2001년 3월 21일 제2001-000040호
주소 서울시 마포구 양화로 133 서교타워 711호, 808호
전화 02) 322-7802~3
팩스 02) 6007-1845
블로그 http://blog.naver.com/midasbooks
전자주소 midasbooks@hanmail.net
페이스북 https://www.facebook.com/midasbooks425
인스타그램 https://www.instagram.com/midasbooks

ISBN 979-11-7355-661-6 03810

값 18,000원

미다스북스는 다음세대에게 필요한 지혜와 교양을 생각합니다.

작가가 된 워킹맘의 글쓰기 이야기

브런치에서
책으로 피어나다

전선자 지음

미다스북스

1장 · 씨앗 · 단계   글쓰기의 작은 씨앗을 마음에 품다

2장 · 새싹 · 단계   초보 작가, 브런치 데뷔하다

3장 습관의 가지가

가지 뻗어나다

단계

이 책은 평범한 워킹맘이 작가의 꿈을 강단 있게 이루어 나가는 기록입니다. 3교대 간호사로, 엄마로, 작가로 바쁜 일상에서도 틈틈이 글을 쓰며 목표를 향해 달려가는 과정이 고스란히 담겨 있습니다. 글쓰기를 통해 나를 찾고 싶은 분들에게 많은 공감을 얻게 될 거라 믿습니다. 브런치 작가에 도전하고 출간이 꿈인 분들에게 든든한 안내서가 되어줄 것입니다. 가능성이라는 따뜻한 용기와 희망이 담긴 한 권의 책을 추천합니다.

허진애(햇님이반짝/브런치 작가)
『현실 엄마, 브런치로 나를 키우다』 저자

글을 쓰는 일은 쉽지 않다. 시간이 없어서, 피곤해서, 혹은 너무 잘 쓰고 싶어서 우리는 자주 멈춘다. 이 책의 저자 또한 마찬가지다. 때때로 멈췄고 가끔은 쉬었다. 그럼에도 다시 돌아와 쓰는 삶을 이어간다. 글쓰기는 타고난 재능보다 생활의 태도임을 이 책은 조용히 말한다.

무작정 쓴 100일의 글은 한 권의 초고가 되었고, 투고와 퇴고를 거쳐 책으로 완성됐다. 덤덤하고 꾸준한 작가의 삶은 화려하지 않다. 그래서 더 믿을 만하다. 꾸준한 글쓰기를 꿈꾸었지만 번번이 포기해 온 독자라면 이 책에서 '다시 시작할 수 있다'라는 가능성을 발견하게 될 것이다.

유영해(브런치 작가)
『초등 글쓰기 힘을 키우는 30일 시조 챌린지』 저자

하나뿐인
버킷리스트를 이룬 날

아직도 그날의 기억을 잊지 못한다. 아니, 살면서 경험한 것 중 너무 강렬한 기억이어서 잊으려 해도 잊을 수 없다. 아주 많은 시간이 흐른다 해도, 아마 내가 눈을 감는 그날까지도 이날의 기억은 오래도록 머물러 있을 것이다. 그날은 아침 햇살이 유난히도 밝았던 2025년 5월의 어느 봄날이다.

여느 날처럼 나이트 근무를 마치고 지친 몸으로 운전대를 잡았다. 물을 머금은 솜 자루 같은 무거운 몸을 이끌고 집으로 향했다. 아침 8시가 넘어 끝나는 나이트 근무 후 집에 도착하면 나를 반기는 이는 아무도 없다. 남편은 회사로, 아이들은 학교로 각자의 길을 모두 떠난 후다. 그저 쓸쓸하게 빈집만이 나를 반길 뿐. 너무 조용해서 적막마저 흐른다.

오늘은 다르다. 조용한 빈집에 나를 반기는 손길이 하나 있었다. 그것은 바로 거실 한가운데 묵직하게 자리 잡은 택배 상자. 어제 남편이 받아둔 택배다. 도착한 택배 상자는 언제나 반갑다. 오늘의 택배는 유독 특별하다. 묵직한 상자의 겉면에 '도서'라는 글씨가 눈에 띈다. 분명 나이트 근무를 끝내고 온 나다. 방금까지 천근만근의 무거운 몸이었는데 갑자기 몸이 깃털처럼 가볍다.

책이 도착했다. 내 책이 말이다. 부랴부랴 커터 칼을 준비해 조심조심 상자를 뜯어본다. 나도 모르게 상자를 여는 손이 살짝 떨려온다. 택배 상자한두 번 뜯어보는 것도 아니면서 오늘따라 심장은 왜 이리 나대는지 모르겠다. 이렇게나 심장이 두근거리던 때가 언제였던가. 불혹을 지나 나이의숫자가 커질수록 현실의 어지간한 일에는 무덤덤하게 반응하던 내가 아니던가. 이런 나에게 다시 심장을 두근거리게 하는 것이 있었는지 잊고 살았나 보다.

혹시라도 구겨질까 조심조심 책 한 권을 꺼내어 표지를 만져본다. 표지에 정확히 내 이름이 새겨져 있다. '전선자 지음'이라고 또렷하게 인쇄된 글씨는 에폭시 처리가 되어 책 표지에 볼록하게 도드라졌다. 믿어지지 않는다. 하지만 현실이다.

내 책이 집에 왔다. 이 감격스러움은 마치 금방 태어난 아이를 마주하는그것과 같다. 열 달 내내 품고 있던 아이를 낳고 처음 집에 오던 날처럼 말이다. 나 정말 고생했구나. 이렇게 예쁜 책을 만나려고 그동안 애썼다는 말을 스스로에게 해주고 싶다.

신생아를 낳으면 기본적으로 머리부터 발끝까지 신체 사정을 한다. 혹시모를 기형은 없는지 아픈 데는 없는지 온몸 구석구석을 살핀다. 우리 집에

온 내 책도 살펴봐야 한다. 혹여 오타라도 있는지, 인쇄가 잘못되지는 않았는지 책장을 조심스레 한 장 한 장 넘겨본다. 정말 내가 책을 냈구나. 다시 보아도 믿기지 않는 순간이다. 그동안의 피곤함과 힘듦도 햇살 아래 쌓인 눈처럼 스르르 녹아내렸다.

　이 책은 평범한 책이 아니다. 그동안 노력의 결실, 그 자체다. 하나뿐인 버킷리스트에 새겨두었던 말이 현실이 된 순간이다. 평범한 워킹맘이었던 내가 글을 쓰기 시작해 브런치 작가가 되고, 결국 책을 내기까지의 지난 여정을 그렸다. 첫 책, 『나는 다시 출근하는 간호사 엄마입니다』를 출간했을 때, 그 꿈이 현실로 다가오는 경험을 했다.

　첫 책을 출간하면서 느낀 점이 많다. 글쓰기의 즐거움과 첫 책 출간의 설렘, 그 사이의 불안과 좌절 그리고 두 번째 책을 향한 마음까지 이 책에 전부 담았다.

　글쓰기를 시작하는 모든 분에게 용기와 희망을 전하고 싶다. 누구나 마음속 깊이 숨겨둔 꿈이 있다. 글쓰기라는 작은 씨앗이 습관을 통해 싹을 틔우고, 마침내 꽃을 피우며 열매를 맺는 과정에 대한 모든 이야기를 하고 싶다.

　독자들에게 전하고 싶은 메시지가 있다. 꿈은 결코 남의 이야기만이 아니라는 것을 말이다. 마음속 작은 목소리에 귀를 기울이고, 시간을 쪼개어 꾸준히 노력한다면 어느 순간 당신의 꿈도 현실 속에서 피어날 수 있을 것이다. 작은 글 한 줄, 잠깐의 시간, 꾸준한 습관이 모여 큰 변화를 만들어 낸다. 나는 그 변화를 직접 경험했고, 이제 이 이야기를 통해 당신에게 용기와 희망을 전하고 싶다.

이제 함께, 내 안에 피어나기 시작한 꿈의 여정을 따라가 보자. 당신의 마음속에도 언젠가 피어날 작은 씨앗이 있기를 바라며 이 책의 페이지를 열어본다.

글쓰기의 작은 씨앗을
마음에 품다

'나 지금 나로 잘 살고 있는 걸까?'

문득 깨달았다. 누구도 내 시간을 만들어 주지 않는다는 것을. 그 누구도 내 꿈을 대신 이루어 줄 수 없다는 것을. 글을 쓰고 싶다면 내가 먼저 그 시간을 지켜내야 한다. 하루에 10분이든 20분이든 내 마음을 글로 적는 시간을 갖는 것이 필요하다. 그 작은 깨달음이 씨앗이 되었다.

오늘도 똑같은
엄마의 하루

따스한 햇살이 얇은 커튼 사이를 비집고 들어온다. 기어코 어둠을 걷어 차고 들어온 햇살은 거실의 구석구석을 채우더니 끝내 온 집 안을 환함으 로 가득 채웠다. 초대도 안 했는데 이렇게 아침은 매일 우리 집에 찾아온 다. 오늘도 조용히 하루가 시작되고 있다.

이렇게 아침이 스며들면 우리 집은 시끌벅적한 소리로 가득 차게 된다. 잠이 덜 깬 아이들을 깨우는 나긋한 목소리, 5분만 더 자면 안 되겠냐는 웅 얼거리는 소리, 달걀부침을 하기 위해 작동시킨 인덕션의 기계음과 후드에 서 우렁차게 들려오는 음식 냄새 빨아들이는 소리, 삐삐거리는 전자레인지 작동 소리와 머리를 감고 난 후 켜진 헤어드라이어에서 들려오는 시끄러운 바람 소리. 그 와중에 손수건은 어디 있냐며 소리를 지르는 남편의 목소리 까지. 아침이 온 것을 귀에 들려오는 온갖 소리로 확실히 알 수 있다.

매일 느끼는 거지만 거의 모든 평일의 아침 시간은 빠르게 지나간다. 바 쁘게 흘러가는 시간 속 나 역시 정신없이 움직이게 된다. 이런 폭풍 같은 시간도 아침 8시 30분까지다. 무도회에 간 신데렐라는 자정까지만 놀 수 있다. 자정이 지나면 마법이 풀려버리는 대가를 치러야 한다. 우리 가족들은 아침 8시 30분이라는 시간을 넘기면 안 된다. 모두 각자의 자리로 가야 할 시간 말이다. 남편은 출근하고 아이들은 학교에 가야 한다. 이 시간을 넘기면 지각하게 된다. 반성문이나 벌점 같은 대가를 치를 수도 있으니 아침 시간의 움직임은 부지런할 수밖에 없다.

부지런히 산처럼 쌓인 설거지를 후다닥 정리하고 거실을 대강 정리하면 그제야 집 안은 고요해진다. 폭풍이 휘몰아친 것 같던 시간이 끝이 났다. 이렇게 가족들을 살뜰히 챙기는 삶을 살고 있다.

어제와 다를 바 없는 하루다. 겉으로 보기에 평온하고 다정한 하루처럼 보인다. 가족을 위해 아침밥을 차리고 아이들이 집으로 돌아올 때면 따뜻한 간식을 준비해 두는 일상. 하지만 내 마음속 깊은 곳에서는 다른 소리가 들려왔다.

'나 지금 나로 잘 살고 있는 걸까?'

전업주부로 살아가는 동안 수많은 감사와 기쁨을 느꼈다. 아이들이 웃으며 "엄마."라고 부르며 종알대는 순간, 모든 피로는 사라지고 그 모든 수고는 빛이 났다. 하지만 동시에 나 자신이 조금씩 사라져가는 것 같은 두려움도 같이 몰려왔다. 결혼 후 아이를 낳아 키우면서 양초 같은 사람이 되고자 했다. 나를 태워서 가족 모두를 빛나게 하고 싶었다. 그러나 시간이 흐를수록 타들어 가는 나를 보는 기분이다. 매일 하루는 반복되는 일상으로 채워져 간다. 그런데 정작 내 안은 대나무의 그것처럼 텅 비어 있는 느낌. 그 공허함이 내 마음 한편에서 점점 커져가고 있었다.

그럴 때면 책을 펼쳐 읽곤 했다. 다른 이의 생각을 읽으며 그 속에서 위로와 용기를 얻었다. 결혼 후 아이를 낳고 자주 서점에 들렀다. 육아도 책으로 공부하던 나였기에 아이들의 책과 육아서만을 사들이곤 했다. 시간이 흘러 오히려 엄마가 되고서 독서량이 늘었다. 그렇게 책을 통해 위로받던 나는 이제 내가 읽을 책도 구매한다. 그리고 마음속으로 작은 바람을 품게 되었다.

'언젠가는 나도 이들처럼 다른 사람에게 글을 건네고 싶다. 내 마음을 기록하고 싶다.'

그런 생각이 들 때마다 현실의 벽이 나의 발목을 붙들어 잡았다. 오늘도 해내야 하는 집안일과 육아, 끝없는 바쁨 속에서 아주 오랜 시간 동안 글쓰기는 나중의 일이 되곤 했으니까. 주어진 내 삶에서 글쓰기는 우선순위에서 뒤로 밀려났고, 또 밀려났다.

문득 깨달았다. 누구도 내 시간을 만들어 주지 않는다는 것을. 그 누구도 내 꿈을 대신 이루어 줄 수 없다는 것을. 글을 쓰고 싶다면 내가 먼저 그 시간을 지켜내야 한다. 하루에 10분이든 20분이든 내 마음을 글로 적는 시간을 갖는 것이 필요하다. 그 작은 깨달음이 씨앗이 되었다. 언젠가 꽃을 피울지 알 수는 없다. 하지만 나는 그 씨앗을 마음속에 고이 묻어두었다. 가족을 돌보는 일과 내 삶의 틈새에서 그 씨앗은 아주 천천히, 그러나 분명히 자라나고 있었다.

아이들 뒤로
고요한 시간

아침 8시 반이 지나면 쾅 하는 소리와 함께 현관문은 꾸욱 닫힌다. 조금 전까지만 해도 깔깔대는 웃음소리와 발걸음을 재촉하는 소리, 꼭꼭 씹어 먹는 소리와 빠르게 움직이는 분주함의 소리로 가득했던 공간이다. 도무지 같은 공간이 맞는지 믿어지지 않을 지경이다. 이미 집 안은 공기의 움직임부터 다르다. 완전히 다른 세상으로 바뀌었다. 가족들이 모두 각자의 길을 향해 나가 있는 지금, 이 공간은 고요함으로 가득하다. 그 고요가 가끔은 외롭기도 하고, 때로는 너무 반가워서 숨 고르듯 긴 한숨을 내쉬며 혼자 마실 커피를 준비하기도 한다.

혼자 먹는 밥을 좋아하지 않는다. 혼자이기 때문이다. 혼밥은 외로움을 상징하는 용어다. 이런 감정을 너무 솔직하게 이야기하면 민망하기도 하니 핑계를 대어 본다. 가끔은 귀찮다는 이유를 대보기도 하고 때로는 시간 없음이라는 이유를 말하기도 한다.

호호 불며 혼자 마시는 뜨거운 커피는 외롭지 않다. 나에게만 적용되는 것이려나? 희한하게도 혼자 커피를 마시며 외롭다고 생각해 본 적은 한 번도 없다. 음식의 장르가 달라서일까? 누군가 합리적인 이유를 대보라고 하면 명확한 설명을 하기는 힘들다. 왜 그런 건지 잘 모르겠지만 나는 오히려 혼자 마시는 커피를 더 좋아한다. 혼자 마시는 커피 한 잔은 외롭다기보다는 스스로에게 주는 여유로움과 만족감의 최대치를 선물해 준다. 인생을 살아가는 것이 커피믹스를 타는 것처럼 쉬운 것이라면 얼마나 좋을까 하는 생각을 잠깐 해본다. 뜨거운 물과 인스턴트 커피믹스 하나를 섞는 것이 그 얼마나 어려운 일이라고. 이렇게나 쉬운 인생이라면 얼마나 좋을까.

손님에게 대접하는 것도 아니면서 가장 아끼는 코렐 머그잔에 작은 비스킷 한 조각을 곁들인다. 바쁜 아침을 잘 지나가게 한 나에게 선사하는 선물이다. 브런치 카페가 따로 있나. 생각을 방해할 사람 없는 여유로움이 가득한 집이 바로 최고의 브런치 카페다.

따뜻한 머그잔을 두 손에 감싸 쥐고 소파에 앉을 때면 집 안의 구석구석까지 햇살이 부드럽게 내려앉는다. 이때가 나만의 시간이자 아무에게도 방해받지 않는 순간이다. 이 시간이 너무 소중하다. 신데렐라에게 자정이 마감 시간이라면 나의 마감 시간은 2호가 하교하는 오후 2시 반이다. 이 시간이 처음에는 그저 텅 빈 적막으로 가득 차 있었다. 하지만 어느 순간부터 그 고요가 내 마음을 흔들기 시작했다.

'이 시간에 나는 무엇을 할 수 있을까?'

내게 주어진 시간 동안 때로는 드라마를 보며 웃고, 밀린 집안일을 하는 것으로 하루의 소중한 시간을 채워나갔다. 그러나 그 어떤 것도 내 안을 가득 채워주지는 못했다. 오히려 시간이 지날수록 괜한 허무함만 더 크게 밀려왔다. 오래전 잊고 지냈던 꿈이 고개를 살짝 내밀었다.

'글을 써 보고 싶다.'

아이들이 자리를 비운 고요한 시간은 나를 위한 선물이다. 그 선물을 제대로 쓰지 못하면 마치 손가락 사이로 모래가 흘러내리듯 허무하게 사라져 버린다는 걸 알고 있다. 그래서 작은 다이어리를 꺼내 한 줄이라도 적기 시작했다. 처음에는 그저 오늘 있었던 일, 느낀 감정들을 짧게 기록하는 수준이었다. 정 쓸 것이 없는 날에는 정신 건강에 좋다기에 감사 일기라도 써 보았다. 사소한 이야기들로 몇 줄이 채워졌다. 그러자 내 마음도 조금씩 채워지기 시작했다.

글은 고요를 외로움이 아닌, 내 안의 나를 돌아보는 시간으로 바꾸어 주었다. 마치 목소리를 잃고 살아오던 내가 글이라는 작은 통로를 통해 새로운 나를 만나는 것 같았다. 그렇게 아이들을 뒤로한 고요한 시간은 더 이상 텅 빈 시간이 아니었다. 그것은 내 안의 나를 다시 만나는 시간이었고 꿈을 향해 조심스레 앞으로 한 걸음 내딛는 소중한 시간이 되었다.

다시 꺼낸
빛바랜 노트

　어김없이 올해도 봄은 찾아왔다. 날씨가 화창하고 미세먼지가 적은 주말이 다가오면 치러지는 내가 만든 우리 집안의 연중행사가 있다. 그 행사의 내용은 온 집 안의 모든 물건을 끄집어내어 뒤집어엎는다고 표현하는 것이 적절할 것이다. 바로 봄맞이 대청소하는 날이다. 이사를 가는 것도 아니면서 온갖 물건을 꺼내어 정리한다. 아이들이 크면서 필요하지 않은 물건이 생기더라. 짐은 계속 늘어나기만 하니 가끔은 정리할 필요가 있다. 이번 연중행사는 온 가족의 참여가 필수다. 그러다 보니 아침 식사에 유독 신경을 쓴다. 밥을 굶은 일꾼들은 일의 능률이 떨어지기에 신경 쓰지 않을 수 없다.

　온 집 안의 구석구석을 헤집으면서 묵은 때를 벗겨내고 있었다. 안방의 붙박이장 안쪽을 정리하던 중이다. 우연히 낡은 노트를 발견했다. 그것은 아이들 어릴 적 사진과 성장 일기에 뒤섞여 있었다. 살짝 겉표지만 봤을 뿐이다. 끄트머리만 살짝 봤을 뿐이다. 그것이 무엇인지 바로 눈치챌 수 있었다. 빛바랜 표지의 작은 노트. 순간 심장이 철렁하고 내려앉았다. 그것은 첫아이를 낳고서 틈틈이 내 생각을 끄적였던 글이 담긴 노트였다.

노트의 표지는 지나간 세월을 보여주듯 누런빛을 띠고 있었다. 원래의 제 색깔을 잃어버린 지 오래다. 안타깝게도 세월의 흔적을 지나치지는 못했다. 삐뚤빼뚤한 글씨, 쓰다가 지워진 흔적 그리고 다 쓰지 못한 문장들이 그대로 남겨져 있었다. 그 안에는 첫아이를 갖기 전 느꼈던 감정들, 아이를 낳고 육아하면서 느꼈던 행복감과 피곤함, 남편과 알콩달콩 하루를 살아가는 이야기, 앞으로 살아갈 날들을 그린 이야기. 노트에는 결혼 생활의 이런저런 내용들이 가득 담겨 있었다. 완성된 글도 있었고 쓰다만 글도 있었다.

다양한 이야기들로 가득한 노트를 다시 펼쳤다. 비로소 오래전 글쓰기를 꿈꾸었던 나를 다시 마주하게 되었다. 아주 어렸을 적인 것은 확실하다. 정확히 언제부터 글을 쓰고 싶다는 꿈을 꾸었는지 기억나지 않는다. 그저 나는 글을 쓰고 싶어 했다. 그리고 언젠가 죽기 전에 내 이름이 새겨진 책을 내고 싶었다. 특별히 정해진 기한 같은 것은 없다. 급하게 완수해야 하는 임무는 아니었기에.

인생이 뭐 우리의 뜻대로 이루어지는 것이 몇이나 되던가. 매일의 하루는 언제나 바쁘게 흘러갔고 '언젠가'라는 말은 아이들을 키우는 시간 속에서 점점 더 멀어져 갔다. 그 꿈은 언제부턴가 '어린 시절의 미련'쯤으로 치부되어 붙박이장 구석에 처박혀 있던 것이다.

나이를 먹으면 어른이 된다고 한다. 꿈이라는 것은 아이들만의 것이라고, 꿈은 아이들이 꾸는 것이라고 말하기도 한다. 노트를 꺼내 든 순간 깨달았다. 나이를 먹은 어른이라고 해서 꿈이 사라지는 것은 아니라는 것을. 다만 잠시 다른 것들에 의해 숨겨져 있었을 뿐이다. 꿈은 여전히 내 안의 깊은 곳에 숨겨져 있었다. 노트 속 문장들은 거칠고 투박했다. 미완성이었고 서툴렀지만 내 진심의 흔적이었다. 노트를 어루만지며 마음속으로 다짐했다.

'그래, 다시 시작해 보자. 하다 마는 것은 한 번이면 족하지. 이번에는 끝까지 가보는 거야.'

그날 이후 오래된 노트를 거실 가운데 놓인 테이블의 눈에 띄는 곳에 올려두었다. 매일 글을 쓰지 않더라도 그 노트가 거기 있었다. 이번에는 중간에 하다가 멈추는 일은 없을 것이다. 나의 꿈을 예전처럼 다시 일상의 바쁨에 밀려서 우선순위의 끄트머리로 가버리게 할 수는 없다. 빛바랜 노트를 보면서 숨겨두었던 꿈을 잊지 않으리라 다짐해 본다.

글을 쓰는 일은 대단한 계획에서 시작되는 것이 아니다. 때로는 잊고 있던 노트를 다시 꺼내는 그 작은 행동에서부터 시작될 수 있다.

일상 속
숨겨진 글감

　나름 계획적인 J의 경향을 보이는 나다. 하지만 이런 나도 가끔은 무모할 때가 있다.

　첫아이를 낳고 나름 전업주부의 삶을 완벽하게 살아내고 있었다. 가정을 이루고 아이를 돌보는 일은 내가 할 수 있는 일 중 가장 가치 있는 일이었다. 남편이 자주 그렇게 말해주곤 했으니 그런 것 같았다. 나를 위한 삶이 아닌 가족을 위한 삶을 살고 있다. 그 안에 나는 없었다.

　어느 날 갑자기 글을 쓰겠다고 마음먹었다. 처음에는 불타는 열의에 글쓰기에 빠져들었다. 매일 아침 글쓰기를 하겠노라며 조용히 시작했다. 살면서 느낀다. 꾸준히 계속 뭔가를 하는 것은 생각보다 실천하기 쉽지 않다는 것을. 일상을 살아내다 보니 이런저런 이유가 생겼다. 솔직히 이유라기보다는 핑계라고 말하는 것이 더 정확할 것 같다. 가끔 아이는 아팠고, 갑작스러운 일정은 계속되었다. 피로는 떼려야 뗄 수 없는 존재로 늘 옆에 꼭 붙어 있다. 그런 날들이 계속되었고 매일의 글쓰기는 하루 이틀 뒤로 밀려나기 시작했다. 그러다 슬그머니 글쓰기 노트는 자취를 감추었다. 결국 흐지부지되어 버렸다. 하지만 글쓰기를 시도한 적은 있다.

살면서 실패의 경험은 한 번으로 족하다. 반복적인 실패의 경험은 좌절감을 줄 뿐이다. 아주 크게 숨을 들이마셔 본다. 폐에 공기가 가득 차서 어깨가 들썩이고 있다. 이제 큰 숨을 천천히 내쉰다. 금세 머리가 맑아지는 것 같다. 이제 다시 한번 도전해 봐야겠다. 이번에는 글을 쓰다가 중간에 흐지부지되는 일은 없을 것이다. 계속 쓰는 사람으로 살아가리라 굳은 다짐을 해본다.

통 크게 마음만 먹었을 뿐 뭘 어떻게 해야 하는 건지 갑자기 두려움이 다가왔다. '나에게는 특별한 이야기가 없는데?'라는 생각이 굳세게 앞으로 나아가려는 나의 의지를 붙잡았다.

책을 출간한 작가라는 직업을 가진 사람은 우주의 먼지 같은 나에 비하면 산처럼 커다란 거인으로 느껴졌다. 칼보다 붓이 더 힘이 강하다는 말을 믿고 있다. 작가라는 사람은 글로써 이 넓은 세상 사람들의 마음을 움직이는 직업 아니던가. 최소한 작가라는 사람이 쓰는 글은 늘 화려하고, 감동적이며, 세상을 바꿀 만한 거대한 주제를 담고 있어야 할 것만 같았다. 아직 시작도 하지 않았는데 벌써 마음보다 몸이 더 쪼그라드는 기분이다.

매일 햄스터의 쳇바퀴처럼 반복적으로 굴러가는 삶을 살고 있는 것이 우리네 인생 아니던가. 그저 그런 평범한 일상에서 대단한 작가들처럼 엄청난 이야기를 어떻게 찾아낼 수 있을까? 매일 여행을 다니는 것도 아니고 매일 특별한 이벤트가 펼쳐지는 것도 아니다. 계속해서 새로운 글감을 어떻게 찾아내야 하는 거지? 아무리 눈을 씻고 코를 씻고 찾아보아도 나의 일상은 평! 범! 함! 그 자체인데 말이다. 나는 특별한 사람이 아니고 하루의 일상을 살아내는 조그만 사람일 뿐인 것을.

그러던 어느 날이다. 글쓰기의 답답함에 심한 갈증을 느끼고 있었다. 목마른 사람이 물을 찾는다고 했다. 발걸음은 도서관으로 향했고 그곳에서 수많은 글쓰기와 책 쓰기 책을 섭렵하기 시작했다. 길을 모르면 물어물어 가면 된다. 인생을 살다가 길을 모르겠으면 책을 찾으면 된다. 결국에 책은 해답을 알려줄 테니까. 수많은 책을 읽고 알게 되었다. 내 하루는, 내 삶은 그 자체로 글감이라는 것을. 평범한 사람이 살아내는 이 일상은 전부 다 글감이 될 수 있다는 것을 깨달았다. 조금만 관심을 가지고 더 자세히 들여다보기만 하면 되는 거였다.

매일 같은 하루를 산다고 생각하는가? 어제와 완벽히 똑같은 하루를 산다는 것은 상식적으로 말이 안 된다. 우리는 매일 비슷한 것 같지만 약간은 다른 하루를 살아내고 있다. 최근의 내 일상을 애정 어린 시선을 가지고 자세히 들여다보았다.

요리에 소질이 없지만 반복적으로 만들어서인지 아침에 만든 계란찜이 세상에서 가장 맛있다는 2호의 칭찬 한마디, 본인도 어제 늦은 퇴근을 해서 아직 피곤이 남았을 텐데도 오늘도 고생한다는 말을 남기고 출근하는 남편의 뒷모습, 5분만 더 자고 싶다는 1호를 간지럽히면서 그럴 수는 없다고 슬며시 안아주며 잠에서 깨우는 모습, 아침부터 거실 스피커에서 울려대는 아파트 안에서 흡연을 자제해 달라는 AI의 건조한 녹음된 목소리, 쓰레기를 버리러 가는 길에 만난 경비 아저씨의 좋은 하루 보내라는 기분 좋은 목소리, 뉴스의 일기예보에서 비가 온다고 하면 정말 온다며 과학 기술 발전에 감탄하는 모습, 혼자 마시는 커피믹스 한 잔에 날아갈 듯 한 기분에 젖어 드는 아침, 운동을 하면서 이제는 불혹이 넘은 나이기에 근육 1킬로의 가치가 엄청나다는 것을 새삼 느끼는 오후, 주부라는 직책을 가졌지만 오랜 경력에 비해 여전히 적응 안 되는 음식 솜씨, 자주 청소해도 계속해서 생겨나는 집 안의 먼지에 기가 막혀 헛웃음 나는 늦은 오후, 아이들 문제집과 함께 슬며시 읽고 싶은 책도 주문하고 있는 기특한 순간, 홈쇼핑에 예쁜 옷이나 신발이 있으면 꼭 같은 디자인으로 하나 더 사서 남편과 입고 다니는 주책맞은 아줌마의 모습, 나이트 근무 출근 전 남편이 해준 고봉밥을 거침없이 들이킨 후 한껏 기분이 좋아져 웃음 짓는 모습.

이런 일상은 아무도 특별하다고 생각하지 않을 것이다. 그저 하루의 작은 기억의 조각이다. 너무 사소하여 우리의 기억 속에 남기보다는 그냥 지나쳐 갈 뿐이다. 하지만 그 안에는 나의 하루와 진심이 고스란히 담겨 있다. 우리가 살아내는 이 일상을 조금만 더 관심을 가지고 관찰하다 보면 글감은 금세 찾을 수 있다.

그때부터 아주 작게라도 적어보기로 했다. 이런 글이 과연 누군가에게 의미가 있을까 싶었다. 하지만 놀랍게도 이런 글은 다른 이에게 작은 공감으로 돌아왔다.

"저도 그래요."

"저만 그런 게 아니었군요."

이런 댓글은 내 삶이 누군가와 연결되어 있다는 확신을 주었다. 전혀 알지도 못하는 사람들이 내가 올린 글에 공감해 주고 있다. 특별한 주제의 글만이 소중한 것이라 생각하지 않기로 했다. 일상의 소소한 이야기, 그것이 아주 특별한 글감이 되는 것이다.

글감은 먼 곳에 있지 않다. 우리가 살아가는 삶 속에 있다. 때로는 훤히 보이는 곳에 있고, 때로는 관심을 가지고 소중히 들여다보아야 겨우 보이는 것도 있다. 하루의 소소한 순간 속에 꼭꼭 숨어 있는 글감도 있다. 일상을 살아가면서 겪는 기쁨과 고단함이 누군가에게 위로로 다가갈 수 있다는 사실은 글쓰기를 계속 이어가게 하는 힘이 되었다.

이제 설거지를 하다가도, 빨래를 개다가도, 운동을 하다가도 혹은 병원 근무 중 잠시 쉬는 순간에도 글감이 생각나면 놓치지 않기 위해서 휴대전화의 메모장에 끄적여 둔다. 사람의 기억력은 휘발성이 심한데 흰머리가 하나씩 늘어날수록 그 속도는 더욱 빨라지고 있다. 이렇게 메모들이 모여 하나의 글이 되고, 그 글들이 쌓여 결국 한 권의 책이 되었다.

예전에는 몰랐다. 엄청난 사람들의 대단한 기록만이 특별한 것이라 믿었다. 이제는 평범한 사람의 기록이 특별하다는 것을 알고 있다. 나는 평범한 워킹맘이다. 아이를 키우고 출근하는 삶을 살며 매일 비슷한 하루를 살아간다. 그런 내가 책을 썼다는 사실은 지금도 믿어지지 않을 때가 있다. 하지만 분명한 건 글을 쓰고 싶다는 마음 하나가 내 안에 있었고 그 마음을 놓지 않았다는 것이다.

매일 글을 쓰며 알게 되었다. 자세히 관심을 가지고 들여다보니 알게 되었다. 하루하루가 소중하다는 것을. 퇴근길의 작은 생각, 아이의 한마디, 지쳐 쓰러질 듯한 밤조차도 글이 되면 그것은 빛을 냈다. 책을 출간했다고 해서 내 삶이 특별해진 것은 아니다. 나는 여전히 바쁘고, 때로는 지치고, 여전히 평범하다. 하지만 이제는 안다. 평범한 하루가 모여 특별한 기록이 된다는 것을.

내가 그랬듯 당신도 할 수 있다. 아주 작은 문장 하나가 당신의 내일을 바꾸어 줄지 모른다. 나는 앞으로도 계속 쓸 것이다. 글은 내게 소중한 삶을 기억하게 해주고 오늘의 나를 더 사랑하게 해주었다.

간호사로 살며 얻은
이야기 보물

인생은 우리가 어떻게 살아가게 될지 하루 앞을, 아니 1시간 앞을 미리 내다볼 수 없다. 대략 짐작은 할 수 있을지언정 결코 확신할 수 없는 것이 우리네 사는 인생이다.

결혼 전 나는 대학병원의 간호사였다. 평범한 내가 결혼을 할 수 있으려나 생각했다. 그런데 어찌 된 일인지 남편과 나는 눈에 콩깍지가 씌어서 그야말로 번갯불에 콩 볶아먹듯 결혼을 해치워 버렸다. 게다가 얼마간의 시간이 흐른 후 심장보다 더 소중한 두 아이를 품에 안는 행운도 차지하게 되었다. 사랑스러운 아이들을 돌보며 여느 경력 단절의 여성과 비슷한 평범한 하루를 채워나가고 있었다. 하루를 육아와 살림이라는 일상으로 가득 채워졌다. 오랜 기간 전업주부로 지내왔다. 시간이 많이 흘러 이제는 아이들이 많이 컸다. 물론 육아의 완성과는 아직 거리가 멀다. 이제는 어느 정도 아이들이 독립적으로 되었으니 슬슬 세상 밖으로 나갈 채비를 해보기로 했다. 전업주부가 아닌 다시 출근하는 간호사로 말이다. 지금은 3교대 근무를 하는 워킹맘으로 신분 세탁하여 새로운 길을 걷고 있다. 물론 엄마라는 자리는 여전히 내 자리다. 영원히 대체 불가능한 나만의 내 자리다.

다시 출근하는 삶을 살고 있다. 기나긴 경력 단절의 기간이 분명 존재한다. 좀 더 솔직히 말하자면 경력의 기간보다 경력 단절의 기간이 더 길다. 이런 내가 겁도 없이 다시 병원에 출근하는 삶을 살겠다고 집 밖의 세상으로 나왔다. 그것도 3교대 근무를 하는 것을 말이다. 아주 많은 생각과 고민을 하는 것도 물론 좋다. 하지만 일단 용기를 내어 도전하는 것도 꽤 괜찮은 것 같다. 고민만 하는 것보다 직접 부딪혀 보면 내가 나를 확실히 알게 되기 때문이다.

다시 출근했을 때 지난날의 병원에서의 경력 단절이 아쉽기는 했다. 하지만 지금에 와서 후회란 없다. 지금껏 선택한 삶에 대한 후회는 전혀 없다. 결혼 전 멀쩡하게 잘 출근하던 대학병원을 그만두고 대체 불가능한 주부로서의 삶을 사는 것이 더 중요하다고 생각했다. 지나간 세월을 절대로 원망하지는 않는다. 그때 했던 선택을 지금도 후회하지는 않는다.
하지만 다시 출근하는 내게 끊겨버린 경력이 전혀 아쉽지 않다고 말한다면 그건 솔직하지 않은 것이다. 또, 다시 병원으로 돌아왔을 때 적응하기 쉬웠다고 말한다면 그 또한 새빨간 거짓말이다.
경력 단절의 기간이 너무 길었다. 게다가 나이까지 많았다. 운동을 게을리하여 체력까지 저질이라 출근하고 나서 처음에 고생을 좀 했다. 갑작스러운 3교대 근무 출근으로 남편의 살림하는 비율은 제로에서 30% 정도까지 올라왔고, 아이들은 점점 독립적으로 되어 이제는 스스로 라면을 끓여 먹을 수 있는 경지에 이르렀다. 계속 전업주부로 머물렀다면 이러한 장면은 결코 볼 수 없었을 것이다.

아이를 많이 키워놓고 다시 출근하는 엄마가 이 세상에 어디 한 둘이랴. 내가 겪은 소소한 이야기는 많은 이들에게 깊은 위로와 공감을 불러일으켰다. 이렇게 짧은 문장으로 요약했지만, 저자는 다시 출근하는 엄마가 겪는 소소한 이야기를 묶어서 『나는 다시 출근하는 간호사 엄마입니다』라는 책까지 출간했다.

다시 병원에 출근하면서 얻은 보물이 있다. 시간이 쌓여 차차 적응한 병원 생활은 낯설지 않으면서도 예전과는 다른 눈으로 환자들을 바라보게 되었다. 과거에는 빠르게 돌아가는 업무 속도에 치여 환자의 상태와 처치, 회복 속도에만 집중했다. 다시 병원으로 출근하는 삶을 사는 지금은 한 사람의 삶과 마음을 더 깊이 들여다보게 되었다.

병원은 수많은 이야기로 가득 찬 공간이다. 병실마다, 침대마다, 환자마다 다른 장르의 한 편의 드라마가 매일 펼쳐진다. 누군가는 병원 복도를 힘겹게 걸으며 다시 살아가려는 의지를 다지고, 누군가는 가족의 손을 붙잡고 마지막 시간을 준비한다. 누군가는 작은 진료 결과에 기뻐하며 눈물을 흘리고, 또 다른 누군가는 예상치 못한 병명 앞에 절망한다.

이 모든 순간은 내게 소중한 글감이다. 간호사라는 직업은 단순히 약을 주고 돌보는 일을 넘어, 사람의 인생과 감정을 가까이서 지켜보는 자리였다. 누군가의 희망, 두려움, 용기, 좌절, 사랑…. 그 모든 것이 눈앞에서 생생히 펼쳐졌다.

다시 출근하는 삶을 살며 특히 기억에 남는 장면이 있다. 폐렴 치료를 받던 환아가 퇴원하던 날이다. 환아의 보호자분이 퇴원하며 간호사들을 향해 소리친다.

"그동안 감사했습니다."

라고 말씀하신다. 출근하여 일상적으로 입·퇴원 간호를 하는 간호사에게 이런 일은 너무도 흔하다. 너무도 흔한 일상이다 보니 기억에 남는다기보다는 기억을 스쳐 지나갈 수도 있는 장면이다. 하지만 그분의 웃음은 단순히 밝은 표정만이 아니었다. 삶을 다시 일상으로 돌이켜 준 의료진에 대한 무한한 감사를 표현한 것이다. 그리고 그 인사는 넘쳐나는 일을 처리하느라 바쁜 간호사의 피로를 잠시나마 씻어주며 주변을 따뜻하게 하는 힘이 있다. 아무리 바쁘고 힘든 일을 하더라도 감사하다는 인사를 받은 간호사의 입가는 잠시나마 웃음이 자리 잡기에.

그 미소를 글로 남기고 싶다. 그리고 남을 돕는 직업인 간호사를 직업으로 택했다는 자부심과 함께 더 나은 내가 되어야겠다는 다짐도 해보게 된다.

간호사로 일하며 얻은 경험들은 글쓰기의 보물이 되었다. 그 보물은 내가 직접 겪은 생생한 삶의 조각들이었고, 글을 통해 다른 사람에게 전해졌을 때 비로소 빛이 났다.

글을 쓰며 깨달았다. 글은 상상만으로 쓰는 것이 아니라 내가 살아낸 삶에서 길어 올려지는 것이라는 것을. 그리고 간호사로서 겪은 경험은 다른 누구도 대신할 수 없는 고유한 목소리를 준다는 것도 함께.

첫 문장 앞에서의
떨림

"내가 과연 책을 낼 수 있을까?"

노트북 화면 속 흰 페이지는 마치 아주 고운 모래가 끝없이 펼쳐진 조용한 사막 같다. 그 드넓은 사막의 구석에 커서가 깜빡거리며 나를 기다리고 있다. 이놈의 커서는 얼른 문장을 시작하라고 자동차의 방향 지시등처럼 자꾸만 재촉한다. 가슴은 두근거리지만, 손가락 끝은 겨울왕국의 엘사가 얼려버리기라도 한 듯 꽁꽁 얼어붙어 움직여지지 않는다. 머릿속에는 수많은 이야기가 뒤엉켜 소용돌이치지만 정작 첫 문장을 꺼내려니 어제 먹은 만두가 목구멍에 걸린 것처럼 모든 것이 막혀버린 듯하다.

일단 시작하면 술술 써 내려갈 것 같은 기분인데 말이다. 그 처음을 시작하기가 쉽지 않다. 글쓰기를 위한 수많은 시간이 흘렀다. 아직도 무서운 것이 하나 있다. 그것은 바로 하얀 백지. 까만 글씨로 채워야 하는 여백의 미를 자랑하는 백지가 진정으로 무섭다.

오래전부터 글을 쓰고 싶었다. 마음속에 쌓여 있던 이야기들이 언젠가는 자연스럽게 흘러나오길 기다렸다. 첫 문장을 쓰기까지는 생각보다 큰 용기가 필요했다. '내가 쓴 글을 누가 읽어줄까?', '혹시 아무도 관심 없으면 어쩌지?' 하는 두려움이 나를 가로막았다.

동시에 마음속에 또 다른 목소리도 울려 퍼졌다. '오늘 이 한 문장을 쓰지 않으면, 평생 쓰지 못할 수도 있어.' 그 목소리가 나를 앞으로 이끌어 주고 있다.

결국 떨리는 손으로 첫 문장을 적었다. 짧고 서툰 문장들이다. 글이 매끄럽지 않고 읽다 보면 군더더기가 많다. 하지만 그 문장은 새로운 세상의 문을 열어주는 열쇠가 된다. 어설플지언정 첫 문장을 써냈다는 사실이 중요하다. 일단은 썼다. 하얀 백지에 첫 문장을 써냈다는 사실은 글쓰기가 가능하다는 자신감으로 이어진다.

신기한 것은 한 문장을 쓰면 글이 줄줄 써지는 경우가 많다는 것이다. 글을 쓸 때 오늘 무슨 내용을 써야겠다고 전체의 내용을 다 생각한 후 쓰는 날도 있다. 하지만 글을 쓰다 보면 생각나는 것들이 있다. 그래서 글의 마지막이 어떻게 될지는 나도 모를 때도 있다. 글은 다 써봐야 비로소 마지막 이야기를 알게 된다. 글을 써야 한다. 계속 쓰다 보면 계속 생각이 난다. 계속 쓰다 보면 어느덧 글이 완성된다.

글쓰기가 조금씩 일상이 되고 있다. 문장을 쓰는 일은 여전히 서툴렀지만 한 줄, 두 줄 이어가다 보니 나만의 이야기가 만들어졌다. 놀라운 일이 벌어졌다. 그 이야기 속에 내가 몰랐던 내 마음이 담겨 있었다. 쓰지 않았을 때는 미처 몰랐다. 글쓰기는 단순히 글을 쓰는 일이 아니라, 내 안의 진짜 내 목소리를 발견하는 과정이라는 것을 깨닫게 되었다.

첫 문장은 언제나 어렵다. 살짝 긴장되고 떨리기까지 한다. 하지만 그 떨림은 새로운 시작의 설렘이다. 이제는 글 앞에 앉을 때마다 그 떨림을 소중히 받아들이기로 했다.

아이들이 잠든
밤의 비밀 글

깜깜한 어둠이 내린 저녁, 아무리 늦더라도 시계의 가장 짧은 바늘이 11을 지나가면 아이들은 잠자리에 들어간다. 종알대던 모습은 사라진 지 오래고 집 안은 또다시 고요함으로 가득 채워진다. 아이들이 깊이 잠든 밤, 집 안은 조용함으로 가득하다. 가끔 바람에 나무가 흔들리는 기분 좋은 소리만 들릴 뿐, 낮 동안 바삐 움직이던 새들도 둥지에 들어앉았다.

하루 종일 이어진 시끌벅적하고 부산스러운 소리가 모두 가라앉은 늦은 저녁, 거실에서 들리는 것이라곤 오직 벽시계의 초침 소리뿐이다. 그때가 바로 나만의 시간이자 자유롭게 글을 쓸 수 있는 순간이다.

도둑고양이처럼 뒤꿈치를 살짝 들어올려야 한다. 아주 어린 아이를 키우는 부모들은 힘들게 겨우 어르고 달래어 재운 아이가 잠에서 깨는 것을 바라지 않을 것이다. 어른인 우리는 아이들이 잠을 잘 자는 것이 아주 중요하다는 것을 알고 있다. 아이들은 밤에 잠이 들어야 한다. 그래야 비로소 하루를 살아내느라 종일 시간과 일에 부딪혀 쌓인 피로 섞인 한숨을 내쉴 수 있다. 휴우~ 하고 말이다. 이제 겨우 잠에 든 아이들이다. 괜한 부스럭거리는 소리로 곤히 잠든 아이들을 깨울 수는 없다. 살금거리는 걸음으로 아이들이 잠든 것을 다시 한번 확인한다. 모든 방문을 조심히 닫고 거실에 홀로 앉는다. 오직 거실 천장 위의 등만이 외롭게 켜져 있고 노트북의 화면만이 나를 기다리고 있다. 키보드를 두드릴 때 나는 소리가 아이들을 깨울까 봐 손가락을 살살 눌러가며 조심스럽게 글자를 찍는다. 그 순간은 마치 비밀스러운 의식을 치르는 것 같다. 낮 동안은 엄마이자 간호사로서 해야 할 역할에 묶여 있다. 하지만 새벽만큼은 온전히 작가로서의 나로 살아갈 수 있다.

세상에서 가장 무거운 것이 눈꺼풀이라고 한다. 그런데 그건 가슴이 뛰지 않을 때의 경우다. 온종일 출근과 집안일에 치여 피곤함에 지쳐 눈이 감기려 한다. 하지만 한 문장을 완성할 때 느껴지는 짜릿함 내지는 뿌듯함이 주는 만족감은 커피보다 강해서 금세 자정을 넘기기도 한다. 매일의 글쓰기는 잘 써지는 때도 있고 한 문장을 나가기도 힘든 날도 있다. 매일 그렇지는 않지만 어쩌다가 글이 너무 잘 써지는 날이 찾아오기도 한다. 마치 길 가다가 동전을 주운 기분 좋은 날처럼 내가 봐도 너무 잘 쓴 것 같은 날 말이다. 그때의 희열은 낮 동안 쌓인 노곤함을 모조리 가져가 버려 몸 안에 도파민 농도가 진해지는 기분이다.

누가 시켜서 하는 것이라면 길게 이어지기 힘들었을 것이다. 낮에 느꼈던 마음의 감정들이 글자로 흘러나오며 비밀 일기처럼 화면에 글이 쌓인다. 저녁 글쓰기는 평범한 일상 속 작지만 기분 좋은 일탈이다. 그렇게 묵묵히 글을 쓰고 있다. 글쓰기는 일상의 소란함과 나란히 어울려 함께 버무려져 있다. 그 평범한 흔적들이 글에 따스함을 주고 생동감을 더해준다.

또다시 아침이 찾아오면 다시 엄마의 일상이 시작된다. 나는 현실을 사는 엄마이고 동화책 속의 주인공이 아니다. 마치 신데렐라의 일상을 사는 기분이다. 늦어도 자정이 되면 자야 한다. 다음 날의 평안한 하루를 위해서. 여느 날처럼 아이들을 깨우고 아침밥을 준비하며 하루를 시작할 것이다.

어두운 밤 쓴 문장은 아무도 모르게 컴퓨터 안에 저장된다. 그렇게 차곡차곡 쌓여갈 것이다. 나는 알고 있다. 그 문장들이 쌓여 언젠가 책이 될 수도 있다는 것을. 지금은 비록 작은 글 하나이지만. 하루가 쌓이고 또 하루가 쌓인다. 이렇게 번개처럼 빨리 지나가는 하루를 붙잡고 싶다. 이렇게 하루에 하나씩 뭔가를 남겨본다.

씨앗이
싹을 틔우는 순간

하루에 한 편의 글을 쓰는 것이 일상이 되던 어느 날 문득 깨달았다. 작은 씨앗이 드디어 싹을 틔우기 시작했다는 것을. 처음에는 너무 작아 눈에 보이지 않았던 변화다. 조금씩 시간이 흘렀다. 글을 쓰기 전과 비교하면 지금의 나는 예전과는 조금 다른 사람이 된 것 같았다. 아니, 조금 다른 사람이 되었다.

글을 쓰며 쌓아온 시간은 나를 더 큰 사람으로 만들었다. 그리고 살아가는 동안 잠시 잊고 있었던 '나 자신'을 다시 마주할 수 있었다. 새벽의 고요, 짧은 틈새 시간, 노트 속 기록, 병원에서 만난 사람들의 이야기. 그 모든 조각이 모여 글의 뿌리가 되었다.

글을 쓰며 느낀 내 감정의 변화, 살아가면서 겪는 경험이 씨앗을 건강하게 키우는 햇살과 물이었다. 글쓰기는 문장을 이어가는 단순한 행위가 아니라는 것을 알았다. 내 안의 꿈과 삶이 만나 어우러지는 과정이라는 것을.

쓰지 않았다면 결코 알 수 없었을 것이다. 쓰지 않았다면 결코 만날 수 없는 세상이었을 것이다. 쓰면서 알게 된 설렘이다.

앞으로도 매일 글을 쓰고 조금씩 성장할 것이다. 언젠가 그 꿈이 꽃을 피우고 열매를 맺는 날을 조용히 상상해 본다. 조용히 내일을 꿈꿔본다. 나의 내일이 기대된다.

초보 작가,
브런치 데뷔하다

우리는 보통의 일상을 살아간다. 삶이 지겨울 때도 있고, 힘들 때도 있다. 이런 하루하루 안에서 한 스푼의 웃음거리가 있다면 살아가는 재미가 더욱 있을 거라 생각한다. 거창한 교훈이라던가 삶의 깨달음에 대한 무거운 주제보다는 글 한 편마다 작은 웃음의 포인트가 있어서 배시시 웃을 수 있는 글을 쓰고 싶다. 이왕 사는 삶 재미있게, 웃으면서 살면 그냥 좋은 거 아닌가. 모두가 행복한 게 많이 중요하니까. 특히 내가 행복한 것이.

브런치라는
정원을 발견하다

이렇게 푸르고 깨끗한 하늘은 얼마 만에 보는 것이던가. 하늘의 색은 바다의 그것과 너무도 닮아 구분하기 힘들 지경이다. 새하얀 구름과 날아드는 새가 있기에 그것이 하늘임을 알게 해준다. 하늘은 무심하게도 공기 중에 누리끼리한 것들이 가득한 날을 자주 보여주고 있다. 오늘같이 눈부시고 깨끗한 하늘을 보는 날에는 뭐든 할 수 있을 것 같은 기분이 든다. 무척이나 기분 좋은 아침이다.

이렇게 기분이 좋을 때면 나를 더욱 기분 좋게 만들고 싶어진다. 인생 사는 것 별거 없더라. 그저 기분 좋게 하루를 보내는 것. 그것이 전부인 것 같다. 더 기분 좋은 하루를 보내기 위해 빛의 속도로 주방에 들어가 뜨거운 물을 준비한다. 물과 함께 디카페인 커피믹스를 머그잔에 냅다 들이붓는 일은 너무 능숙하게 잘해 낼 수 있다. 한두 번 해본 솜씨가 아니다. 티스푼으로 휘리릭 저어두는 과정을 끝으로 준비는 마쳤다. 이제 즐기기만 하면 된다. 이렇듯 나의 기분 값은 저렴하고 소소하다.

가족들은 모두 약속된 시간에 약속된 장소로 자신의 자리를 찾아갔다. 유일하게 나만 시간이 들쭉날쭉한 일상을 살고 있다. 규칙적으로 출근하는 날도, 규칙적으로 퇴근하는 날도 없다. 평범하지 않은 3가지의 출근 시간과 퇴근 시간을 가진 나는 간호사다. 3교대 근무를 하는 워킹맘이다. 이브닝 근무를 하는 오늘은 오후 2시에 출근한다. 아무도 방해할 사람 없는 낮 동안의 황금 같은 시간이 주어졌다. 이 시간을 어떻게 활용하는지에 따라 잠들기 전 느끼는 하루의 만족도가 달라진다.

거실 테이블 위에 노트북을 세팅한다. 머그잔을 옆에 두고 브런치스토리 홈페이지 화면을 열었다. 이곳을 우연히 알게 되었다. 조금이라도 더 일찍 알았더라면 인생이 더 달라지지 않았을까 하는 아쉬움이 남아있다. 하지만 제아무리 힘이 센 사람이라 하더라도 시간을 되돌릴 수는 없는 법이다. 괜한 소리를 하는 나에게 이제라도 알게 된 것이 어디냐며 자신을 위로해 본다.

브런치스토리라는 곳은 흔히 브런치라고 불린다. 먹는 브런치냐고 물어보신다면 죄송하지만, 아니라고 답변할 수밖에 없다. 먹는 브런치가 아니라 글 쓰는 브런치다. 요즘 젊은 사람들은 궁금한 것이 생기면 챗GPT에 많이 물어본다고 한다. 하지만 불혹의 나이에 숫자 몇 개가 더해진 지금까지 모르는 것이 있으면 자연스레 녹색 창에 글자를 꾹꾹 입력하여 물어보는 습관이 있다. 녹색 창에 '브런치'라는 글자를 넣어본다. 브런치스토리는 세 번째로 연관 검색어에 표시되어 있다. 아쉽지만 브런치스토리를 모든 일반인이 알기에는 아직 인지도가 낮다는 거다. 무려 이 플랫폼이 생긴 지 10년이 넘어가고 있는데 말이다. 욕심이 있다면 저자의 책을 빌려 전 국민이 브런치스토리의 존재를 알고 모두가 글을 쓰는 사람이 되었으면 좋겠다는 바람을 가져본다.

운명 같은 어느 날 우연히 브런치스토리라는 공간을 발견했다. 알고 보니 이곳은 내가 그동안 꿈꾸어 오던 곳이었다. 오랜 시간 애 키우고 일만 하며 살다 보니 정보가 늦은 것이 내내 아쉽다. 브런치라는 곳은 자신의 이야기를 글로 풀어내고 그것을 세상과 같이 나누며 소통하는 곳이다. 마치 작고 예쁜 정원처럼, 다양한 사람들의 이야기가 꽃처럼 피어나는 곳이다.

작가로 살아가는 일상 중 가장 큰 변화를 준 것이 무엇이냐고 묻는다면 출간이라는 답을 기대하는 경우가 많을 것 같다. 하지만 나에게 글을 계속 쓰게 하는 원동력은 바로 브런치 작가가 된 것이라고 당당하게 이야기할 수 있다. 브런치의 글 발행은 나에게 계속 쓰게 하는 힘을 끄집어내어 매일 쓰는 사람으로 만들었다.

자, 이제 본격적으로 브런치스토리에 대한 이야기를 해보기로 하자.
브런치스토리는 에디터의 심사를 거쳐야만 글을 발행할 수 있는 특이한 플랫폼이다. 블로그와 같은 플랫폼은 글쓰기의 과정에 심사를 두거나 하지 않는다. 그냥 블로그를 개설하고 글을 쓰면 된다. 너무나 단순하다. 개설도 자유이고, 글 게시도 자유다. 글을 쓰고 싶으면 쓰고, 쓰기 싫으면 안 쓰면 그만이다.

하지만 브런치의 글은 너무도 특별하다. 누구나 읽을 수는 있지만 아무나 쓸 수는 없다. 작가 심사를 통과해야만 브런치라는 공간에서 글을 쓸 수 있는 자격이 생긴다. 이곳에서는 그런 사람들을 '작가'라고 부른다. 너무 멋진 일이다. 작가라니. 만인이 법 앞에 평등한 민주주의국가에 살고 있지만, 작가라는 말은 들은 나는 너무나 큰 설렘에 빠져버렸다. 왠지 그냥 글을 쓰는 사람에서 작가라는 호칭을 들으면 신분 상승하는 듯한 기분이 든다. 브런치는 내게 자꾸만 뭔가를 기대하게 한다.

브런치스토리의 화면이 나를 째려보고 있는 것만 같다. 작가 지원하기 버튼은 그렇게 크지도 않은데 어쩜 누르기가 이렇게나 힘들까. 로켓의 속도로 배송을 해준다는 온라인 쇼핑몰의 물건 주문은 빛의 속도로 눌러 젖히는 나다. 오늘따라 이 버튼을 누르는데 약간의 망설임의 시간이 필요했다.

왜 오늘따라 이렇게 크게 보이는 것일까. 첫사랑에게 고백하기 직전의 수줍은 소녀라도 된 것인가. 손가락이 부러진 것도 아니면서 오른쪽 검지는 까딱 움직이면 되는 작은 행동 앞에 몇 번이나 멈춰 섰다.

'내 글, 누가 읽어나 줄까?'

'작가 심사에 떨어지면 가족들에게 뭐라고 말하지?'

망설임이 목구멍에 걸려 내려가지 않는다. 심란한 마음에 괜히 빈 머그잔 바닥을 바라보며 입맛만 다시고 다시 내려놓았다. 이미 마실 것은 다 마셨고 클릭만이 남았다.

겨우 진정하고 아이들을 바라보았다. 작가 심사 과정에 떨어져도 어쩔 수 없다. 도전하는 엄마로 남고 싶다. 아이들에게 이렇게 다 큰 어른도 꿈이 있다고, 꿈꾸고 도전하는 사람이라는 걸 보여주고 싶다. 내가 용기 내지 않으면 아이들에게 "너희도 해봐."라는 말을 할 자격이 없을 것만 같았다. 작가 신청 버튼을 꾸욱 눌렀다. 생각보다 클릭 소리가 크게 들렸다. 딸깍 소리에 놀랐는지 심장박동 수가 정상범위를 넘어섰다. 진정하는 데 약간의 시간이 필요했다. 오늘의 황금 같은 시간은 이렇게 채워지고 있다.

이쯤에서 살짝 저자의 브런치 글을 공개합니다.

브런치 작가 신청 글쓰기 대장정

며칠 전의 일이다. 브런치 작가 신청을 하기로 했다. 브런치 작가 신청을 위해서는 준비된 글이 있어야 한다. 글 3편까지 제출이 가능하다. 하지만 무슨 배짱인지 나는 제대로 된 딱 한 편의 글로 승부를 보기로 했다. '브런치 작가 신청 글쓰기 대장정'이 시작되었다. 지난 토요일에 족히 4시간은 글을 쓴 것 같다. 이것도 고시는 고시인가 보다.

브런치스토리 작가 과정의 합격을 위해 글쓰기 강좌를 신청했다. 나를 위한 투자인 셈이다. 바로 슬기로운 초등생활의 이은경 선생님이 개설하신 '슬초 브런치 3기' 과정이다. 글쓰기 과정은 매일의 과제가 있다. 매일 글 쓴 것을 인증하기. 매일 뭐라도 쓰는 습관을 들여야 한단다. 주제도 자유, 분량도 자유다. 부담 없이 글을 써 내려갔다.

브런치 작가 신청을 하려면 준비된 글이 있어야 한단다. 보통 권고되는 원고 분량은 한 페이지 반 정도라는데 하얀 여백의 미는 어찌해야 하는지 벌써 무서울 지경이었다. 고치고 또 고치고, 살을 붙이고, 또 고치고, 사진 넣고, 작가 승인 신청까지 원스톱이다. 이왕 이렇게 된 거 2호 방의 책상으로 자리를 옮겨 작정하고 타자를 두드렸다. 아이들은 엄마가 뭘 한다니 신기한 듯 쳐다본다. 다 늙은 어미는 아직 끝날 기미가 보이지 않았다. 2시간이면 된다던 글쓰기는 1시간씩 연장하더니 급기야 저녁 9시를 넘겼다. 오늘의 육아를 내팽개치고 방에 처박혀 글 쓰는 마누라에게 꿀맛 같은 라면을 끓여준 남편에게 감사한다. 달걀과 새우까지 넣은 특식을 대접받다니.

머리를 쥐어짜 내어 드디어 글쓰기는 끝이 났다. 역시 정신노동은 힘든 거더라. 남편에게 오늘의 육아를 미뤘는데 어차피 이리된 거 오늘의 양심 따위는 갖다버린 지 오래다. 양치하고 이불속으로 몸을 숨겼다.

"여보~ 고마워. 나 먼저 잘게~"

원래 우리 가족은 10시가 취침 시간이다. 하지만 오늘은 내가 가장 먼저 곯아떨어졌다.

글쓰기 오 녀석, 너 보통 힘든 게 아니구나.

그래도 한번 해보자.

브런치
작가가 되다

브런치 작가 승인 메일이 도착한 건 다음 날 오후 3시쯤이다. 이브닝 근무에 출근해 한참 일에 집중할 시간이다. 근무 중 휴대전화는 언제나 주머니 속에 있다. 자그마치 20여 년 전, 그러니까 결혼 전 신규 간호사일 적에는 근무 중 휴대전화는 사물함에 두어야 해서 온갖 연락을 다 놓쳤다. 그래도 요즘은 근무 중에 휴대전화를 갖고 있기는 하다. 언제나 진동 상태라서 가끔 드르륵 주머니가 울려댄다. 하지만 바로 눈앞에 있는 환자를 간호하느라 울려대는 진동은 언제나 무시되기 마련이다. 진동이 멈추었다. 근무 중이기에 하던 일을 마저 한다. 눈앞에 할 일이 쌓여 있다. 주머니 속의 진동은 기억에서 금세 잊히기 마련이다. 이렇듯 3교대 근무를 하는 간호사의 시간은 쉼 없이 흘러간다.

어느 직업이나 근무 중에 약간의 쉴 틈은 존재하기 마련이다. 어느 정도 환자들의 간호가 이루어져 이제 한숨을 돌려볼까 하던 중이다. 시곗바늘의 가장 짧은 바늘이 숫자 5를 넘어가고 있다. 자연스럽게 주머니 속에 있던 휴대전화를 꺼냈다. 의미 없는 잠깐의 시간을 보내려던 참이다. 일단은 울려대는 카톡, 문자, 이메일 등의 확인이 먼저다.

어이쿠! 그제야 내가 너무 중요한 연락을 그냥 넘겼다는 사실을 알아버렸다.

"진심으로 축하드립니다. 소중한 글 기대하겠습니다."

"엄마야~~~"

나도 모르게 튀어나오는 비명에 급하게 손으로 입을 틀어막았다. 간호사가 병원 근무 중에 비명을 지르면 어쩌란 말이냐. 그것도 병원 계단에서 말이지. 놀란 가슴은 진정되지 않아 두근거렸다. 너무 놀라 눈가에 이슬 같은 액체가 살짝 맺히려고 했다. 정신 차려야 한다. 지금은 근무 시간이야. 가라앉지 않는 마음을 겨우 진정시키고 다시 한번 차분히 알람 이메일을 확인했다.

이미 본 적이 있다. 녹색 창에 검색하면 합격하신 선배 작가님들이 받은 이메일의 캡처 사진을. 그들이 인터넷에 공개하여 합격 이메일을 본 적이 있다. 그것을 나도 받은 것이다. 병원 안은 히터가 작동되고 있음에도 불구하고 갑자기 내 몸은 닭이 된 것인 양 팔에는 닭살이 돋아났다. 브런치스토리 본사에서 보낸 이메일에는 나를 작가님이라고 부르며 소중한 글을 기대한다는 내용의 편지를 보내왔다. '작가님'이라는 단어가 이렇게 설레는 말일 줄이야. 내 이름 앞에 붙은 그 두 글자가 낯설고도 기분 좋으면서 가슴이 벅차오른다.

평상시 같으면 이브닝 근무가 끝난 후 집에 오면 잠잘 준비를 하라며 아이들을 각자의 방으로 몰아넣곤 했다. 오늘은 아이들보다 내가 할 말이 더 많다. 잘 시간이 다 된 아이들을 붙들고 계속 이야기하고 있다.

"애들아, 엄마 이제 작가래. 브런치 작가."

1호는 눈을 동그랗게 뜨고 말했다.

"거봐요. 될 줄 알았어요."

용기 내서 한마디를 더 했다.

"엄마 책도 한번 써 볼까?"

나조차도 믿어지지 않는 현실이다. 잘할 수 있을지 나도 나를 잘 모르겠다. 이런 상황에 아직 미성년자인 아이들을 붙들고 무슨 말을 하는 건지, 참.

"계속 열심히 해보세요. 열심히 하면 된다면서요."

역시나 나에게 희망을 주는 1호답다. 이미 알고 있는 이야기지만 귀를 통해 다시 들려오는 1호의 이야기에 정신이 번쩍 든다.

그동안 끄적였던 글을 객관적으로 읽어줄 편안한 사람이 없었다. 괜한 이야기를 했다가 핀잔을 듣는다거나, 이 나이에 무슨 글을 쓰냐며 걱정을 빙자한 내 꿈을 꺾는 이들을 만날까 두렵기도 했다. 그러다 눈에 띈 사랑하는 딸 2호가 보였다. 아직 초6이지만 많이 성숙했고 같은 여자로서 공감대가 잘 맞는다. 특히 그동안의 내 글과 브런치 작가 승인 신청을 위한 글을 제법 읽어본 2호다.

"난 엄마 글이 제일 재밌어요."

"정말이야? 고마워."

이런 말을 들으면 어찌할 바를 모르겠다. 침대에 누워도 잠이 쉬이 오지 않을 것 같다. 오늘부터 진짜 작가다. 이제부터 브런치에 마음껏 글을 올릴 수 있어. 내일은 무슨 글을 쓸까? 이런저런 괜한 생각에 피곤한 마음은 멀리 달아나 버렸다.

이때까지는 아직 아무도 몰랐다. 내 마음의 씨앗이 브런치라는 정원에 씨앗을 내리고 그다음에 어떤 일이 일어날지를.

브런치에서
살아남는 법

*실제 작가 본인의 브런치 연재 글을 바탕으로 재구성하였습니다.

1. 합격의 기쁨은 겨우 딱 하루뿐!

브런치 작가의 합격 소식 후 이제야 좀 진정된 하루를 살고 있다. 살면서 뭔가를 이뤄냈다는 것, 그것에서 오는 성취감이나 행복감 같은 감정의 유지 기간은 짧다고 한다. 이를테면 로또 1등이라 치면, 그는 얼마나 행복할까? 얼마의 기간이나 행복이 유지될까? 그래봤자 며칠일 거다.

글쓰기 작가가 어렴풋하게 인생의 유일한 버킷리스트였다. 몇 날 며칠을 고민한 끝에 슬초 브런치 과정에 입문했다. 딱 6일째에 브런치 작가 신청을 했고 합격했다. 당일에는 소리 지르고 방방 뛰고 난리였다. 그것도 금방 잠잠해진다. 계속 흥분 상태였다면 나는 아마도 제정신이 아닌 게 분명할 테니까.

아~ 이제는 진짜로 알겠다. 브런치 합격이 목표라서 앞만 보고 왔다고 생각했는데 그게 아니었다는 것을 깨달았다. 아주 자신 있는 건 아니지만

난 그저 글 쓰는 게 재미있던 거였다. 확실히 나를 다시 들여다보는 계기가 되었다. 마치 방 안에서 혼자 홈트를 하던 나였다면 이제는 학교 운동장에 나온 느낌이다. 이제는 좀 더 넓은 곳에서 다른 사람들 운동하는 것도 보고, 더 많은 글쓰기를 할 수 있게 되었다.

특히 브런치스토리라는 공간의 댓글 기능에 너무 감사하다. 신문 기사 등의 댓글은 비방글이나 비난 댓글도 많다. 브런치 안에서는 정성 어린 댓글을 주시는 분들이 너무 많아서 신나게 글 쓰는 나를 발견하게 된다. 이렇게 칭찬 받은 작가는 당분간 노트북의 자판을 그냥 내버려 두지 않을 듯하다.

우리는 보통의 일상을 살아간다. 삶이 지겨울 때도 있고, 힘들 때도 있다. 이런 하루하루 안에서 한 스푼의 웃음거리가 있다면 살아가는 재미가 더욱 있을 거라 생각한다. 거창한 교훈이라던가 삶의 깨달음에 대한 무거운 주제보다는 글 한 편마다 작은 웃음의 포인트가 있어서 배시시 웃을 수 있는 글을 쓰고 싶다. 이왕 사는 삶 재미있게, 웃으면서 살면 그냥 좋은 거 아닌가. 모두가 행복한 게 많이 중요하니까. 특히 내가 행복한 것이.

언젠가 나의 버킷리스트도 이루어지리라는 꿈을 꾸어본다. 죽기 전에 내 이름이 새겨진 책 한 권을 내는 것이 목표였다. 이은경 선생님의 조언에 따라 목표를 구체화하기로 했다. 본업이 있으니 글만 쓸 수는 없다. 일주일마다 글을 연재하면 2년이면 백 개의 글 꼭지가 완성된다. 출판사 알아보고 어쩌고 해서 넉넉히 3년 안에 책 내기!

구체적인 목표를 갖고 실천하는 것이 성공률이 높겠다. 글 하나를 완성해 봤으니 할 수 있을 것 같다.

이제 글을 쓰기 시작했고 작가라고 하니, 남편이 그럼 돈은 언제 버냐고 한다. 이보세요. 돈보다 난 재밌게 사는 것이 더 중요하다고요. (물론 돈도 아주 중요하지만, 돈만 벌려고 글을 쓰기 시작한 것은 아니라는 거죠.)

추신) 브런치스토리 작가가 되니 좋은 점 또 하나는 분량의 압박에서 벗어나는 것이다. 굳이 분량을 채우지 않아도 글 발행이 가능하다. 여백의 부담을 덜어내니 어깨가 덜 아픈 느낌이다. 그런데 갑자기 길게 쓰고 싶어지는 청개구리 같은 이 마음은 무엇일까.

2. 우리는 작가와 독자 사이

슬초 브런치 밴드에 짤막한 글을 매일 쓰고 인증하는 삶을 살고 있다. 노트북을 꺼내 전원을 켜는 것도, 손 하나 까딱하는 것마저 너무 귀찮은 일이다. 하루 종일 손바닥만 한 휴대전화를 쥐고 씨름한다. 물론 교육상 엄마의 모습이 나쁘게 비칠까 봐 아이들에게는 엄마가 작가가 되기 위한 과정으로 이러는 거라고 대충 둘러댄 후에 말이다.

우리 집에서는 1호와 2호가 나에 대해 너무 궁금해한다. 엄마가 이번에 새롭게 도전하는 것이 무엇인지 무척이나 궁금해 죽겠다는 듯이 쳐다본다. 급기야는 내 옆에 궁둥이를 붙이고서 두루미처럼 목을 길게 빼고 슬쩍 내 글을 훔쳐보던 2호가 낄낄거린다. 오~~ 엄마 글이 너무 웃긴다는 거다. 작은 화면에 머리를 박고 보는 꼴이 우습다. 일단 내 글에 대한 칭찬이 나온 김에 지금까지 써온 매일 글쓰기 인증 글을 쑥스럽지만, 아이들에게만 오픈하기로 했다. (남편에게는 아직 부끄러우니 패스한다.)

1호와 2호는 글에 본인들 이름이 나온 것에 신기해했다. 그리고 생각보다 엄마의 글이 길다는 사실에 놀라워했다. 언제나 생일 선물로 아이들에게 앞뒤 꽉 채운 편지 한 장을 요구했다. 아이들은 어떻게 그렇게 길게 쓰냐며 투덜대기만 했다. 그런데 자신들의 생각보다 긴 엄마의 장문 글을 읽고서는 둘이 눈이 똥그래졌다. 요 녀석들은 지금껏 엄마를 밥하고 빨래하는 존재로만 생각했던가 보다. 기대치가 낮았는데 막상 뚜껑을 열어보니 생각한 것보다 기대 이상이었으니. 둘이 눈을 마주치며 낄낄대고 있다.

나의 첫 독자 둘의 반응은 피로를 다 증발시켜서 사라지게 할 정도로 놀라웠다. 심지어 간호사인 나는 오늘 데이 근무를 마친 후라 너무 피곤한 상태였는데도 말이다.

"엄마 글 엄청 길고, 재밌어요."

"책 내면 잘 팔릴 것 같아요."

이게 웬 말인가. 고작해야 초등학생과 중학생 아이들이 읽고서 반응한

말 한마디에 어깨는 우쭐대고 입꼬리는 귀에 걸렸다. 그저 나의 꿈을 위해서 글쓰기 과정에 충실했을 뿐이다. 의도치 않게 사춘기인 두 녀석에게 엄마가 긍정적으로 보이게 된 것은 일단 다행이다.

저녁밥을 짓고 있는데 나도 모르게 콧노래를 했었나 보다. 남편이 현관의 번호 키를 누르고 들어오는 소리를 못 들었다. 이런 나를 기가 막히게 쳐다보며 저녁밥 하는 게 그렇게 즐겁냐고 묻는다. 그럴 리가. 살면서 살림이 재미있었던 적은 절대 없었다. 그저 해내야 하는 거니까 하는 거지. 밑도 끝도 없는 자신감에 차서 갑자기 남편에게 한마디를 내뱉었다.

"여보, 나 브런치 작가 왠지 붙을 수 있을 것 같아."

꼬맹이들이 뭘 알겠냐마는 일단 내게는 독자가 둘이나 생겼다. 왠지 느낌이 너무 좋다.

3. 나는 내 갈 길을 가련다

원래 인생은 혼자 사는 거야. 역시⋯ 사람은 각자 인생 사는 거였어.

슬초 브런치 3기의 작가들 단톡방이 있다. 무려 100명이 넘는 큰 단톡방으로 서로 좋은 정보를 공유하며 친목을 다진다. 운 좋게도 이들 중 맨 처음 브런치 작가가 되었다. 급한 성격 탓이다. 매사 미루는 것을 싫어하고 미리미리 하는 성격이다 보니 실행력이 빨랐다. 원래 다음 주부터 작가 응모를 하는 거였는데 쉬는 주말 동안 해치워 버렸더니 월요일에 떡하니 합격 연락을 받았다. 슬초 브런치 동기들 사이에서는 작가 됨이 칭찬거리이고 이슈이다. 그에 반해 현실에서는 다들 떫은 감 씹은 표정이다.

"브런치에 합격했다고? 그게 뭔데? 새로 생긴 맛집이야?"

물론 모두에게 칭찬을 바라지는 않는다. 작가인 이은경 선생님 말씀처럼 쓰는 사람은 고사하고 읽는 사람도 거의 없는 현실이다. 다들 먹고살기 바쁘기에.

내가 왜 슬초 브런치 과정에 참석하게 되었는지 곱씹어 보았다. 삶이 너무 무료해서였다. 일하고 쉬는 날에는 살림하고, 애 챙기고. 그게 내 인생인 거다. 글쓰기 과정에 도전하는 것은 일종의 일탈인 셈이다. 뭔가 살면서 재밌는 거 없을까 하는.

나름 바쁜 일상을 살아내고 있다. 그러다 삶에 살짝 쉼표가 드리우던 날이었다. 그러면 그냥 쉬면 될 것을. 괜히 이것저것 기웃대본다. 시간이 생겼고 뭐 재미있는 거 있는지 찾던 참이었다.

슬초 브런치 3기 과정은 인증의 기쁨을 안겨주었다. 브런치스토리의 구독과 라이킷에 빠져버렸다. 사랑스러운 댓글은 나를 불타오르게 만들어 계속 자판을 두드리게 했다. 칭찬받는 아이는 누가 말릴 수 없는 지경이 빠진다고 한다. 엄마가 공부 좀 그만하라고 말린다는데 나도 이런 말 좀 해봤으면 좋겠다. 칭찬은 어린아이에게만 필요한 것은 아닌가 보다. 나 또한 그에 해당하니 말이지. 달콤한 밀크초콜릿 같은 칭찬을 또 맛보고 싶어진다. 그러다 보니 계속 발전하는 것 같다.

브런치 동기들의 단톡방에서는 작가 됨이 엄청난 이슈이다. 백 개가 넘는 칭찬 댓글에 휴대전화의 진동은 끊임없이 울리고, 카톡 불꽃이 계속 터지고 난리가 났다. 하지만 현실에서는 작가 됨을 같이 진심으로 기뻐할 사람 하나 없어 커피 한잔 사기 손부끄럽다. 하지만 나는 내 갈 길을 가련다. 홀연히 가보련다.

브런치에서 책으로 피어나다

발행 버튼을
누르던 순간

　오늘은 브런치에서 쓰는 특별한 용어에 관해 이야기하려 한다. 내가 쓴 글을 브런치스토리 홈페이지에 올리는 과정을 '발행'이라고 부른다. 좀 더 정확히는 내가 쓴 글을 브런치의 모든 사람이, 아니 브런치를 통해서 세상의 모든 사람이 볼 수 있도록 게시하는 것을 발행이라고 부른다.

　이 얼마나 떨리는 순간인가. 내가 쓴 글을 나만 보는 것이 아니다. 내가 쓴 글을 나만 보는 것이었다면, 누구에게도 보여주지 않을 비밀의 글이었다면 그것은 자물쇠가 채워진 서랍 속에 꼭꼭 숨겨둔 일기와 다를 바 없을 것이다.

　우리가 브런치에 올리는 글은 성격상 '공적인 글'이다. 사실상 작가라고 불리고 싶은 우리는 누군가에게 읽히는 글을 쓰고 싶어 한다. 브런치는 비록 말이 아닌 글이지만, 글에 스피커를 달아 온 세상에 내 목소리를 울려 퍼지게 해주는 시스템을 갖고 있다. 그 파급력은 글마다 작을 수도, 클 수도 있다. 누군가는 글 발행을 커다란 용기라 표현하기도 한다. 브런치에서 글쓰기란 단지 글을 쓰는 것으로 끝나는 것이 아니다. 발행 버튼을 누르는 용기가 필요하다. 세상 밖으로 내 글이 뻗어나가려면 작지만, 큰 용기가 필요하다.

처음 브런치에 글을 올리던 날의 마음은 설렘과 두려움이 섞여 혼란스러움 그 자체였다. '누가 내 글을 읽어줄까?', '혹시 아무도 관심 없으면 어쩌지?' 하는 걱정이 머릿속을 맴돌았다. 마치 아이를 처음 학교에 보내는 부모의 마음처럼 말이다. 마치 어울리지도 않은 커다란 가방을 메고 학교에 갔는데 실내화는 혼자서 잘 갈아신을지 교실은 잘 찾아갈 수 있을지 걱정이다. 아이는 별생각이 없는데 부모만 안절부절못한다. 그때 느끼는 심정은 불안함 그 자체일 테니까. 내 글을 세상에 내보내려는 그 순간 손끝부터 발가락 끝까지 떨림이 느껴진다.

처음 발행 버튼을 꾸욱 눌렀을 때 심장의 요동침을 느꼈다. 비록 작은 글이지만 그것은 내 안의 꿈이 현실로 나오는 순간이었다. 세상을 향한 첫걸음이다. 이제 막 걸음마를 하는 아이처럼 비로소 한 발짝을 내디딘 것이다. 화면에 글이 올라가는 순간 비로소 자신을 작가라고 부를 수 있는 용기를 얻었다. 처음 받은 댓글 한 줄, 1명의 공감이었지만 그 한 줄은 내 글이 누군가에게 닿았다는 것을 증명하는 거였다.

홀로 써 내려가는 글은 힘이 없다. 누군가 읽어주었을 내 생각은 널리 퍼진다. 그리고 브런치에서처럼 누군가 공감해 주고, 댓글로 의견을 달아준다면 내 글은 죽은 글이 아니라 연어의 팔딱거림을 가진 생생한 살아있는 글이 된다. '내 글이 의미가 있구나'라는 생각에 가슴 깊은 곳까지 따뜻해지는 것을 느낀다. 그 순간 깨달았다. 글쓰기는 혼자가 아닌, 사람과 사람을 이어주는 다리라는 것을.

이후로 글을 발행할 때마다 느껴지는 작은 설렘과 긴장감은 글쓰기를 지속하게 만드는 원동력이 되었다. 시간이 지날수록 설렘과 떨림 속에서 조금씩 자신감을 쌓아가고 있다. 그리고 매일 글을 쓰는 힘을 길러가고 있다.

아주 조금씩 글이 일상을 파고들고 있다. 미세하지만 삶의 작은 변화를 느낀다. 첫 글을 발행하고 며칠 동안 하루에도 몇 번씩 브런치를 들여다보았다. 누가 내 글을 읽었을까, 혹시 새로운 댓글이 달리지는 않았을까. 아주 짧은 문장의 단순한 글도 좋다.

"잘 읽었습니다."

라는 인사만으로도 오래도록 마음이 따뜻해짐을 느꼈으니까. 그 작은 반응이 나를 매일 글 앞에 앉게 만든다. 댓글이 달리지 않더라도 '좋아요' 하나가 보이지 않더라도 글을 쓰고 싶어졌다. 누군가에게 전해지지 않더라도 글을 쓰는 일 자체가 내게 위로가 되기 시작했기 때문이다.

아이들을 재운 늦은 밤 조용한 거실에 홀로 앉아 글을 쓸 때면 하루의 무게가 가볍게 내려앉는다. 병원에서 일하느라 지친 날에도, 생각이 많아 마음이 복잡한 날에도, 글을 쓰는 순간만큼은 오직 나 자신에게 집중할 수 있다. 글은 정신없이 흘러가는 하루를 채우는, 부산스러운 삶을 살고 있는 나에게 잠시 숨을 고를 수 있게 하는 작은 쉼표로 다가왔다.

댓글 한 줄의
위로

처음으로 브런치에 글을 올렸을 때의 마음은 설렘과 두려움이 뒤섞여 있었다. '아무도 읽지 않으면 어떡하지', '누가 내 글을 이해해 줄까' 하는 걱정이 머릿속을 맴돌았다. 발행 버튼을 눌렀을 때 손은 부들부들 떨렸고 심장은 금방이라도 튀어나올 것 같았다. 지금까지의 상황으로만 보아도 내향인으로 살고 있는 나는 이미 내 정신을 붙잡고 있기 힘들었다.

조용히 브런치에서 알림이 울렸다. 내 글에 댓글이 달렸다.

"덕분에 용기를 얻었어요."

길지도, 화려하지도 않은 글이었지만 그 한 줄은 내 마음을 단단하게 붙들어 주었다. 이것은 내 글이 세상과 연결되어 있다는 것을 증명하는 증거 같았다.

브런치에서의 댓글은 단순한 문장이 아니다. 글을 쓰면서 느꼈던 불안과 외로움을 달래주고 앞으로도 계속 써야겠다는 용기를 주는 소중한 사막의 오아시스 같다. 그 순간 깨달았다. 글쓰기는 나 혼자만의 일이 아니라는 것을. 다른 사람과 마음을 나누는 경험이라는 것을, 댓글을 통해 알게 되었다. 그 후로도 계속 글을 발행하고 난 후 댓글을 기다리는 나를 발견하기도 했다.

댓글 하나하나가 기다려졌다. 공감해 주는 긍정적인 반응의 댓글에 기쁨이 두 배, 세 배가 되었다. 물론 글 발행을 했다고 해서 모든 글에 댓글이 달리는 것은 아니다. 내가 봐도 너무 잘 쓴 것 같은 글에 며칠이 지나도록 아무런 댓글이 달리지 않을 때도 있다. 글 쓰는 행위 그 자체가 위로가 된다. 물론 글 쓰는 과정에서 생기는 불안과 고민을 극복하게 해주는 작은 보물이 바로 독자의 한 줄이기는 하다. 댓글은 언제나 반갑다. 글을 쓰다 보면 종종 자신을 의심할 때도 있다. 하지만 누군가의 작은 공감, 단 한 줄의 메시지는 자신을 일으켜 세울 수 있을 만큼 충분히 큰 힘이 된다. 그 힘이 다음 글로 또 그다음 문장으로 이어지게 만드는 원동력이 된다.

댓글 하나하나가 큰 위로가 되었다. 글을 쓰는 이유를 다시금 되새기게 된다. 글을 쓰는 것은 내 생각과 감정을 정리하고 그것을 다른 사람과 공유하기 위함이라고 생각했다. 댓글을 통해 독자와의 소통이 이루어지고 있다. 글쓰기가 단순한 기록이 아니라 서로의 마음을 나누는 소중한 과정임을 깨달았다. 비록 일면식도 없는 사람과의 소통이지만 말이다. 그날 이후 계속 글을 쓰고 있다. 댓글을 통해 독자와의 소통을 이어가며 나만의 이야기를 세상과 나누고 있다.

　브런치에서의 글쓰기는 다른 글쓰기와 확연히 다르다. 내가 쓴 글로 인해 사람들과 세상과 소통하고 있다. 브런치에서의 글쓰기는 글로 새로운 세계를 열어주었다. 그리고 그 세계에서 독자와 함께 성장하고 있다.

　댓글은 점점 늘어났다.

"작가님 글 너무 기다렸어요."

"오늘 글 읽고 힘이 났어요."

　라는 댓글이 달리는 날도 있다. 이 말이 정말 고맙다. 매일 글을 발행하다가 멈추는 순간이 분명 찾아오더라. 나의 컨디션 조절 실패보다는 갑작스러운 일들이 벌어지는 경우가 대부분이다. 인생은 계획대로만 살아지지 않더라. 매일 글쓰기를 계획했지만 아이가 아파서 입원했다거나 집안의 갑작스러운 커다란 행사로 인해 시간을 내기가 곤란할 때가 불쑥 찾아오기 마련이다. 글쓰기의 부재가 찾아오다가 다시 글 발행이 시작되면 내 글을 기다렸다는 동료 작가님들의 댓글에 고마움과 반가움을 숨길 수 없다. 너무 감사해서 더 좋은 글을 쓰고 싶다는 마음이 절로 생긴다. 칭찬받은 아이를 말릴 수 없듯 댓글로 감사를 받은 나를 이제는 그 누구도 막을 수 없다. 누군가 내 글을 읽어주고 있다는 사실은 매일 글을 쓰게 하는 큰 이유가 된다. 이 작은 변화는 눈에 보이지 않았지만 내 하루는 분명 조금씩 달라지고 있었다.

많은 분의 관심과 애정 덕분에 계속해서 글을 쓰고 있다. 끈기라고는 찾아보기 힘든 내가 글쓰기 하나만큼은 꾸준히 하고 있댓. 브런치 작가로 활동하며 늘 받기만 하던 나다. 수많은 조회수와 라이킷 그리고 끊임없는 댓글까지. 댓글 하나에 울고 웃던 나다.

병원에서 간호사라는 직업적 특성상 사람들과 직접 마주하다 보니 외향인인 듯 보이는 나다. 하지만 나는 진정 내향인이다. 완전 대문자 I의 내성적인 사람이 나란 말이다.

브런치 안에는 나처럼 병원에서 일을 하며 먹고사는 사람이 또 있었다. 그의 직업은 '행복을 촬영하는 방사선사'다. 그는 브런치에서 동료 작가님들과의 소통에 아주 능통하셨으니, 그분의 이름은 류귀복 작가님이다. 그는 나와는 확연히 다른 행보를 보이고 있다. 브런치 내에서 너무 눈에 띄어 쳐다보지 않을 수 없다. 이전에 '천재 작가'로 활동하셨는데 그 필치가 대담하여 눈에 띈다. 글쓰기에 대한 뼈 때리는 이야기와 항상 위트 넘치는 글로 독자들을 이끄는 브런치계의 스타 작가님이다. 브런치에 글 잘 쓰는 작가님들은 많이 계시지만 류귀복 작가님은 조금 특별하다.

특히 이분에게 배울 점이 있었으니 소통형 인간이라는 것이다. 이 점이 나와 많이 다르다. 글을 발행한 지 얼마 안 되었을 때 말로만 듣던 작가님의 응원 댓글이 달렸다. 이는 마치 유명인이 내 글에 사인을 해주고 간 기분이다. 댓글에 답변을 달면 또 어찌나 부지런히 대댓글을 달아주시는지 진정한 소통이란 이런 거구나 싶다.

아직도 나는 동료 작가님들과 아주 많은 소통을 하고 있지는 못한다. 다른 사람의 글을 읽고 댓글을 다는 것이 왠지 쑥스러움으로 다가오기도 해서다. 이렇게만 말하면 부족하니 그럴듯한 핑계를 하나 대야겠다. 나는 아직은 다른 이들의 글을 보는 시간보다 내 글을 써내는 데 시간을 더 많이 들이기 때문이라고 해 두어야겠다.

이 자리를 빌려 쑥스럽지만, 동료 작가님의 글을 읽고 더 많은 댓글과 라이킷을 날릴 용기를 내야겠다. 그들이 나에게 주었던 칭찬과 애정 어린 관심으로 내가 이렇게 잘 성장했다는 것을 잊지 말아야 하기에.

그리고 이 글을 빌려 예비 브런치 작가님들에게 전하고 싶은 말이 있다. 작가에게는 쓰는 시간도 중요하지만, 읽는 시간은 더 중요하다고 한다. 쓰기 위해서 반드시 읽어야 한다는 말을 귀에 피가 나도록 들었다. 읽지 않으면 쓸 수 없다는 말을 점점 몸으로 느끼고 있다.

작가에게 있어 글을 쓰는 시간만큼 독서 시간을 갖는 것은 무척이나 중요하다. 브런치 작가가 되는 꿈을 꾸는 분들이라면 매일 발행되는 브런치의 글을 읽는 것을 추천한다. 브런치 글을 읽는 것 자체를 스스로에게 독서 시간으로 인정해 주는 것도 좋은 배움의 시간이 될 거란 생각이 든다. 이들은 이미 브런치 작가 심사에 합격한 이들이니 그들의 글은 훌륭한 교과서가 될 것이다. 꾸준히 브런치의 글을 읽다 보면 금세 좋아하는 작가님이 생길 것이고 연재되는 요일의 브런치 북의 발행을 기다리는 독자가 될 것이다. 이미 브런치 작가님들의 글쓰기 실력은 검증되어 가독성이 뛰어난 글이 대부분이다. 실제로 아직 출간되지 않은 따끈따끈한 글을 읽는 재미가 쏠쏠하다. 그리고 친필 작가와 직접 소통할 수 있다는 점은 더욱더 매력적이다.

이렇게나 많은 장점이 있는 브런치다. 생각할수록 브런치는 너무 끝내주는 플랫폼이다. 내가 브런치 작가라는 사실이 너무 만족스럽다.

공감 버튼
하나의 힘

글을 세상 밖으로 내보내고 나면 확인하는 것이 있다. 바로 브런치의 알림창을 확인하는 것이다. 내 글에 댓글이 달렸을까, 공감 버튼이 눌렸을까. 솔직히 말하면 공감 버튼인 '라이킷'의 숫자에 마음이 흔들릴 때가 많다. 브런치에 글을 올리면 하트 모양의 공감 버튼이 더욱 눈에 띈다. 이를 '라이킷'이라고 한다. 내가 올린 글을 독자들이 좋아한다는 말이다.

느낌인 건지 괜히 드는 생각인 건지 확실하지는 않다. 공감의 수가 적으면 글이 초라해 보인다. 내 글이 너무 작아서 가을 나무의 낙엽처럼 초라해 보이기도 한다. 하지만 오늘따라 공감의 숫자가 커지면 괜스레 기분이 들떠서 마치 해리 포터의 조 앤 롤링 작가라도 된 양 날아오른 기분이 하늘을 찌른다. 공감 버튼은 마치 인기를 나타내는 것처럼 느껴지기도 한다. 마치 유튜브의 '좋아요' 버튼 같아서 글 쓰는 나를 흔들곤 한다. 한참의 시간이 지나고 알게 되었다. 공감 숫자의 크기가 중요한 게 아니라는 것을. 내게 오래 남은 건 수많은 공감이 아니라 단 하나의 손길이었다.

한번은 정말 망설이며 쓴 글이 있었다. 누구에게도 털어놓지 못했던 내 안의 상처를 담은 글이었다. 발행 버튼을 누르고 나서 마음이 복잡했다. 혹시 누군가 가볍게 소비해 버리면 어떡하지, 오히려 나를 비난하는 댓글을 달면 어쩌나 하는 걱정도 했다. 그 글에 공감 버튼이 하나 눌렸다. 눈에서 따뜻한 무엇이 솟아나고 있었다. 공감의 숫자는 작았지만 내 마음은 크게 흔들렸다. '아, 내 이야기를 받아준 사람이 있구나.' 그 사실만으로도 충분했다.

공감 버튼 하나는 숫자가 아니라 마음의 흔적이다. 보이지 않는 누군가가 조용히 건네는 손짓이다. 그 작은 손짓 덕분에 계속 글을 쓸 수 있다. 때로는 수백 개의 공감보다 단 하나의 공감이 더 깊게 마음에 남는다. 내 글을 읽고 누군가의 마음속에서 아주 작은 고개 끄덕임이 일어났다는 것. 그것이야말로 내가 글을 쓰는 이유다.

공감이라는 것은 참 좋기도 하지만 가끔은 위험하기도 하다. 그리고 내 글의 조회수도 마찬가지다. 이것은 양날의 검과 같다.

브런치에 입문한 지 며칠 안 된 시점의 일이다. 브런치스토리는 검색 포털 Daum의 산하에 있는 플랫폼이다. 그래서인지 잘 쓰인 글이나 화제성이 있는 글은 편집자들에 의해 골라진다. 실제로 Daum 홈페이지에 글이 올려지는 일이 있다. 특별한 사람이 아닌 개인이 쓴 글이 검색 포털에 올라간다는 것은 브런치 작가가 되기 전에는 알지 못했다. 심지어 내가 쓴 글을 검색하면 걸려들기도 했다. 이것이 대기업이 가진 힘이 아닌가 싶다.

브런치에 입성하여 이제 막 작가 승인을 받았을 때이니 그 얼마나 햇병아리 같은 시기인가. 글 발행의 횟수가 다섯 번째쯤 되던 때였다. 새내기 작가의 글을 그 누가 많이 본단 말인가. 정말 많은 분이 보아도 하루에 100여 건의 조회수가 최고 기록이었던 때다. 개인적으로 같이 글을 쓰는 동료 브런치 작가님들과 공유하는 단톡방이 있다. 글을 쓰면 브런치 주소를 공유하며 잘 쓴 글을 공감해 주고 칭찬도 해준다. 100여 명의 작가님들이 한 번씩만 들어가 보아도 100건이 넘는다. 어느 날 갑자기 글의 조회수가 엄청난 속도로 가파르게 올라가는 것을 목격했다. 브런치는 조회수가 증가할 때마다 알림이 울리는데 알람이 울리는 속도가 빈번하다. 갑자기 조회수가 1,000을 넘더니 금세 10,000을 찍었다. 점점 숫자는 커지더니 끝내 30,000을 넘는 처음 보는 숫자를 접했다. 이게 무슨 일이던가. 조회수가 동전의 크기에서 두 마리 치킨값으로 급상승했다.

브런치에는 작가님들이 10만여 명 계시다는데 내가 그렇게나 글을 잘 썼던가. 다시 한번 글을 읽어보았다. 브런치스토리에 있는 많은 작가님들이 다 읽었을 리는 없는 글이다. 나중에 알고 보니 내 글은 Daum 홈페이지에 실려있더라. 브런치라는 한정된 공간을 넘어 전 국민이 다수 이용하는 검색 포털에 글이 올라가니 당연히 조회될 가능성이 높다. 글에 스피커가 장착된 것을 확인했고 그 위력을 실감한 날이었다.

지금 생각하면 햇병아리 작가에게 엄청난 조회수는 살짝 위험하다. 마치 조회수를 위해 위험한 설정도 마다하지 않는 유튜브와 같은 심정이다. 몇몇 유튜브는 엄청난 조회수를 유지하기 위해 무모한 도전을 하기도 한다. 브런치 작가라고 해서 예외는 아니다. 조회수를 늘리기 위해 자극적인 제목을 달거나 후킹을 하는 제목을 다는 것 말이다. 잠깐의 인기는 있을 수 있을지언정 진정성을 얻기는 힘들다. 소 뒷걸음치듯 처음 글을 발행했을 때 조회수가 급등하는 글이 많았다. 나 또한 평범한 인간인지라 조회수가 많이 나오는 소재와 자극적인 제목 짓는 법을 찾기도 했다. 하지만 욕심을 부리면 행운은 쉽게도 도망가 버린다.

글에서 가장 중요한 것은 언제나 솔직함과 진정성이라 생각한다. 화려한 기교와 기술은 나중 문제다. 솔직히 그런 것의 중요성은 언제나 후자로 밀리기 마련이다. 사람의 마음을 흔드는 솔직함과 진정성이야말로 다른 사람에게서 공감을 불러일으킬 수 있다. 공감되는 글이야말로 진정한 좋은 글이다.

예상치 못한
반응

나는 내 글에 대한 반응을 기대하지 않는다고 말한다. 솔직히 말하면 다 거짓말이다. 발행 버튼을 누른 뒤에는 어김없이 휴대전화를 들여다보고 있다. 디지털에 의존하는 습관을 거두려 하지만 이제는 안타깝게도 고칠 수 없는 습관으로 굳어져 가고 있다. 혹시 알림이 울렸을지 누군가 내 글을 읽고 무언가 남겼을까. 기대는 애써 숨겨도 금세 얼굴에 드러난다.

어느 날 낯선 이름의 독자가 댓글을 남겼다.

"오늘 제 마음 같아서 울컥했어요. 잘 읽었습니다."

짧은 문장이었지만 그 댓글을 여러 번 읽었다. 누군가의 하루에 내 글이 닿았다는 사실이 믿기지 않았다. 내가 쓴 몇 줄의 문장이 누군가를 울리고 위로했다는 게 기적처럼 느껴졌다. 물론 모든 반응이 따뜻한 건 아니다. 어떤 글에는 아무런 흔적도 남지 않았다.

애써 힘들게 쓴 글보다 가볍게 후루룩 쓴 글에 더 많은 공감이 모이기도 한다. 그럴 때면 내가 무엇을 잘하고 있는 건지 혼란스럽기도 하다. 시간이 지나면서 깨달았다. 내가 쓴 글의 무게와 누군가가 느끼는 울림의 크기가 똑같을 필요는 없다는 것을 말이다. 글은 내 손을 떠나는 순간 이미 내 것이 아니다. 읽는 사람마다 자기만의 방식으로 받아들이는 것, 그것이 글의 운명이다. 그리고 조금씩 배워갔다. 글을 쓰는 일은 반응을 조율하는 게 아니라 내 안의 진실을 꺼내는 일이라는 것을.

남편과 뜨거운 커피를 마시며 이야기를 나누었다. 매일 브런치에 글을 올리는 이유에 대해서 말이다.

"내가 브런치에 글을 왜 매일 올리는지 알아?"

"글쎄?"

"매일 칭찬을 받아서야. 매일 칭찬받으면 나처럼 돼. 사람들이 라이킷도 해주고, 구독도 해주거든."

남편은 어이없다는 듯이 빙긋 웃었다. 그 뒤로 그는 아무 말도 하지 않았다.

T인 남편한테 공감을 기대했다니.

의도된 대화는 아니었지만 자연스레 속마음이 나와버렸다. 어린아이처럼 칭찬받으니 더 잘하고 싶은 마음이 생겨버렸다. 정말 칭찬은 고래를 춤추게 할까 했는데 고래뿐 아니라 새우도 춤추게 하는 것이 칭찬이리라.

어른이 된 이후 매일 지속적으로 꾸준히 칭찬을 받은 적이 있었던가. 집안 일하는 것은 주부로서 당연하니 칭찬할 거리가 되지 않는다. 간호사로서 환자 간호를 정확하게 하는 것도 당연한 일이니 칭찬할 거리가 되지 않는다. 오히려 실수라도 하는 날에는 질책의 대상이 될 뿐이다. 강사로서 강의를 명쾌하게 해내는 일 또한 당연한 일이니 이 또한 칭찬할 거리와는 거리가 멀다.

어른들의 세계는 이처럼 칭찬에 인색한 사회다. 잘하는 것은 당연하고 실수는 처벌의 대상이 되는 유독 긴장감 넘치는 상황이 계속된다. 내가 이토록 브런치스토리에 매일 글을 올리는 이유 또한 칭찬 덕분이라 생각된다. 솔직히 매일 글을 써내려 가는 과정은 쉽지 않다. 살아가는 비슷한 일상 속 글감을 찾아 헤맨다. 그리고 믿어지지 않으시겠지만 나 같이 프로가 아닌 새내기 브런치 작가는 글 한 편을 써 내려가는데 아무리 적어도 하루에 최소한 1시간 이상의 시간 또한 투자해야 한다. 바쁘게 하루를 살아가는 일상 속 매일 이렇게 노력을 들이붓기란 쉽지 않다. 그럼에도 글을 매일 발행하는 이유를 꼽자면, 나를 움직이는 힘은 칭찬이리라. 그 어떤 대가보다도 마음을 즐겁게 하는 칭찬 한마디와 소중한 댓글 하나가 매일 글쓰기의 길로 안내해 준다.

언제까지 매일 글쓰기를 지속할지는 모르겠다. 딱히 이렇다 할 구체적인 계획 따위는 없다. 그저 일단은 내가 즐겁게 사는 방향으로 삶을 흘러가는 대로 둘 예정이다. 글이 쌓이면 언젠가는 보배라는 결실이 될 수도 있다는 기대감과 함께 그저 흘러갈 것이다.

아직 도착하지 않은
응답

브런치라는 공간에서는 무반응이라는 침묵도 견뎌야 한다. 가끔은 글을 올려도 아무런 반응이 오지 않을 때도 있다. 따뜻한 공감 버튼도, 애정이 어린 응원의 메시지를 담은 댓글도, 꾸준히 증가하는 조회수도 눈에 띄지 않는다. 그럴 때면 마치 텅 빈 강당에서 홀로 큰 소리로 떠들어대고 있는 기분이다.

내 목소리가 허공을 향해 멀리 날아간다. 너무 적막하여 메아리조차 남기지 못한 채 흩어져 간다. 참 이상하고 어색하다. 이 조용한 침묵이 견디기 힘들기도 하다. 열심히 쓴 글인데 내 글이 가치가 없는 걸까? 괜히 작가 흉내를 내는 건 아닐까? 아무도 뭐라 하지 않았는데 스스로 괜한 생채기를 내는 질문을 쏟아낸다. 하지만 글을 멈추지는 않았다. 침묵 속에서 쓰는 글도 나름의 의미가 있다는 걸 나중에야 조금씩 알게 되었기 때문이다.

누군가 읽지 않아도 글은 여전히 나를 위로한다. 마치 편지를 쓰고 봉투에 넣어 두는 것처럼 글은 거기에 있다. 그 편지가 언제 누군가에게 닿을 지는 알 수 없다. 내 마음은 그곳에 담겨 있다. 글을 썼다는 그 자체로 이미 의미가 있다.

얼마간의 시간이 지난 뒤 알게 되었다. 침묵 속에서 쓴 글들이 어느 날 뜻밖의 누군가에게 도착한다는 것을. 어떤 이는 몇 달이 지나서야 내 글을 읽고 조용히 댓글을 남겼다.

"뒤늦게 읽었는데 오늘 제게 꼭 필요한 글이었어요."

그제야 깨달았다. 모든 응답은 즉각적인 것은 아니라는 것을. 침묵은 아 직 도착하지 않은 응답일 수 있다는 것을. 이제는 반응 없는 시간도 덤덤히 받아들이고 묵묵히 글을 쓴다. 써진 글은 모두 의미가 있다는 것을 알고 있 다. 이제는 지금의 침묵조차도 글쓰기의 일부라는 것을 알고 있다.

글쓰기로
이어진 인연들

내 글을 가장 먼저 읽는 사람은 누굴까? 그건 언제나 나다. 그리고 내 글을 가장 많이 보는 사람도 역시 나다. 출간 작가들의 이야기를 들어보면 얼마나 웃기는지 모른다. 책을 내고 싶어 하는 작가들은 다른 사람이 내 글을 읽어주기를 그토록 바란다. 하지만 아이러니하게도 내 책을 가장 많이 읽는 사람은 바로 저자 자신이다. 혹여 오타라도 있을지, 좀 더 쉬운 표현으로 문장을 수정한다거나 좀 더 매끄럽게 글을 다듬으며 내가 쓴 글을 손가락 발가락을 다 합친 수보다 훨씬 더 많이 읽고 또 읽는다. 토가 나오도록 본다고 하여 퇴고가 아닌 퇴, 퇴, 퇴, 퇴고라고도 한다. 내 글을 내가 가장 많이 읽는다. 내 책을 내가 가장 많이 읽는다.

막상 대부분의 독자는 한 번이나 많으면 두 번 정도 읽어볼 것이 뻔하다. 이처럼 브런치에 올린 글도 내가 가장 많이 읽는다. 글을 처음 쓸 때 읽고, 여러 번 퇴고하는 숫자만큼 읽고, 마지막으로 발행하기 전에 또 읽는다. 물론 발행 버튼을 누르고 나서도 발행이 잘 되었는지 여러 번 다시 읽곤 한다.

어느 날 내 글 아래에 낯선 이름의 댓글이 달렸다.

"오늘 아침 우연히 읽었는데 덕분에 마음이 한결 가벼워졌습니다."

짧은 한 줄이었지만, 그 문장을 오래도록 바라보았다. 나를 전혀 알지 못하는 사람이 내 글에서 무언가를 건져 갔다는 사실. 그건 처음 글을 쓰기 시작했을 때는 상상도 하지 못했던 일이다. 댓글을 남긴 사람은 아마도 다시는 내 글을 보지 않을 수도 있다. 혹은 시간이 지나면 글을 쓴 사람의 아이디조차 떠올리지 못할 수도 있다. 낯선 이의 말은 이상하리만큼 오래 남았다. 가까운 사람의 칭찬보다 오히려 더 진하게 마음속에 새겨진다. 가까운 사람은 내 글을 이해하기보다 나를 먼저 떠올리지만, 낯선 사람은 오직 내 글만 보고 반응한다. 글을 쓰며 알게 되었다. 내 글은 나를 넘어 누군가의 삶으로 들어가고 있다는 사실을. 그리고 글이란 결국 그렇게 낯선 이와 나를 연결해 주는 다리가 된다는 것을.

처음 글을 쓸 때만 해도 나는 혼자였다. 노트북 앞에 앉아 키보드를 두드리는 시간은 고독했고 그 고독이 글을 자라게 한다고 믿었다. 어느 순간부터 글은 나를 혼자 두지 않았다. 내 글을 읽고 찾아온 사람들이 조금씩 모이면서 작은 울타리가 생겨났다. 브런치의 메인 화면에는 작가의 필명을 작성하게 되어 있다. 나의 필명은 '소곤소곤'이다. 이 필명 아래 '구독자'라는 글씨가 선명하다. 이 숫자만큼의 사람이 나에게 관심을 두는 동료 작가들인 것이다.

댓글을 자주 남겨주는 분들, 메일을 주고받던 사람들 그리고 결국에는 그들이 나와 비슷한 길을 걷고 있다는 사실을 알게 되어 찐한 동료애가 솟아난다. 우리는 서로의 글을 읽고 마음을 건네고 때로는 조용히 기다려 준다. 누군가의 글이 오랫동안 올라오지 않았다가 다시 글 발행을 하면

"괜찮으신가요?"

"작가님 글 기다렸어요."

라며 그동안 글 발행을 못 했던 나를 무안하지 않게 반겨준다. 누군가의 글이 특별히 빛나는 날에는 아낌없는 박수를 보내주기도 한다. 이러한 관계는 현실에서 만난 친구들과는 조금 다르다. 우리는 서로의 직업도, 나이도, 삶의 다른 부분을 많이 공유하고 있지 않다. 다만 브런치 작가라는 공통 분모를 가졌을 뿐이다. 그럼에도 글을 통해 마음을 나눌 수 있다. 오히려 불필요한 정보가 없어 더 스스럼없이 다가왔을 수도 있다. 이 작은 공동체 덕분에 글 쓰는 힘을 잃지 않을 수 있다. 혼자라고 생각했던 글쓰기가 사실은 보이지 않는 연결 속에서 이어지고 있다는 걸 알고 있다.

이제 나는 안다. 글은 때로는 책이 되고 때로는 기록이 된다. 그리고 글은 사람과 사람을 이어주는 끈이 될 수 있다는 것을.

슬초 브런치 오프라인 모임에서 얻은 덤

덤이라는 것이 있다. 워낙에 주어야 하는 것에서 조금 더 얹어주는 것을 말한다. 영어로는 보너스라고 하면 적당하려나. 그저 일하고 육

아만을 하던 평범한 아줌마였던 나에게 슬초 브런치 과정이 남긴 것이 하나 더 있었으니. 그건 바로 여러 직업군의 사람들을 만나서 내 시야를 넓혔다는 거다. 아주 이상하게 들릴 것이 분명하지만, 글로만 만난 사이였던 우리는 오랜 친구같이 너무 반가웠다. 서로의 글을 읽었다는 것은 서로의 마음을 읽었다는 것이기에.

슬초 브런치 과정의 오프라인 모임이 딱 한 번 있었다. 그 한 번의 경험은 내 인생을 꽤 많이 흔들어 놓았다. 처음 보는 사람에게는 낯을 가리는 성격이다. 그런 내가 무슨 용기가 나서인지 같이 갈 사람 하나 없이 서울로 향하는 KTX에 몸을 실었다. 심지어 KTX도 처음 타봤다. 슬초 브런치 과정의 작가님들은 글쓰기 동기라고는 하지만 줌 강의로 살짝 얼굴을 비추었을 뿐이다. 160여 명이 넘는 작가님들을 단번에 알아보기 힘든 것이 분명하다. 약속된 장소에 도착했다. 역시 아는 얼굴이라고는 이은경 선생님뿐이다. 물론 이분도 내가 팬인 거지 이분은 나에 대해 아주 잘 알지는 못하신다.

신기한 일이 벌어졌다. 생전 처음 보는 사이라 할지라도 브런치 작가 필명을 아는 순간부터는 공감대가 형성되면서 그가 어떤 사람인지 알 수 있다. 우리는 같은 공간에 있었지만 서로 누가 누군지 모르기에 명찰에 필명과 이름을 적어 달고 다녔다. 필명을 확인하는 순간 서로 아는 척을 하고 반가워했다. 서로의 글을 읽으며 공감했으리라. 그리고 글 하나를 쓰는 것이 얼마나 많은 시간과 노력이 드는 과정인지를 알기에.

이렇게 처음 보는 사람과 금세 하나가 되는 모습을 보니 놀라웠다. 처음 누군가를 만날 때는 글로 먼저 만나는 것도 괜찮겠다는 생각이 든다. 오해 없이 진심이 통할 테니까.

그리고 내가 너무 세상을 좁게 살았다는 생각도 들었다. 지금껏 내 주변에 둘러싸여 있는 사람들은 병원 식구들과 아이들뿐이었다. 좁은 인간관계를 가진 삶을 살았다. 세상엔 별별 직업들이 많았고, 열심히 사는 사람이 아주 많다는 것에 놀랐다. 워킹맘이 대부분이었고 다들 하루를 얼마나 알차게 사는지 지나간 내 시간을 다시 쓸어 담아 오고 싶어질 지경이었다. 나는 바쁘게 사는 것도 아니었다. 나는 열심히 사는 것도 아니었다.

인생에 우선순위가 있겠지만, 일단은 내 인생의 우선순위를 글쓰기, 독서, 운동으로 해야겠다. 지금부터라도 그들처럼 더 열심히 살아봐야겠다.

브런치에서 책으로 피어나다

습관의 가지가
뻗어나다

매일의 글쓰기를 유지하기는 쉽지 않다. 글은 잘 써지는 때도 있고 첫 문장에서부터 막히는 때도 있다. 짧은 시간이라도 꾸준히 쓰는 습관을 쌓는 것이 중요하다. 그 시간을 지켜내는 것만으로도 내가 조금씩 변화되는 것을 느낄 수 있다.

살다 보면 매일 글을 쓰지 못하는 날들이 찾아오기도 한다. 그런 날은 피하려고 해도 반드시 찾아오더라. 이런저런 이유로 글을 쓸 수 없는 날들이 있다. 글을 쓸 수 없는 날은 굳이 무리할 필요가 없다. 그럴 때는 그냥 쉬면 된다. 인생 단순하게 살면 된다. 우리에게는 그다음 날이 있으니까.

교대 근무 속
글쓰기 루틴

병원에서의 3교대 근무는 몸과 마음을 극도로 지치게 한다. 낮과 밤 그리고 새벽이 뒤섞인 일정 속 규칙적인 생활을 유지하기란 여간 쉽지 않다. 그래서 글을 쓰기 위해 하루 속에 작은 루틴을 만들기로 결심했다. 시간이 있을 때 글을 써야겠다고 생각하면 이룰 수 있는 것이 없다. 기꺼이 시간을 내어 글 쓰는 습관을 만들어야 한다.

〈 아침 7시 출근인 데이 근무에는 저녁 글쓰기를 한다.
오후 2시 출근인 이브닝 근무에는 아침 글쓰기를 한다.
저녁 9시 출근인 나이트 근무에는 퇴근 후 아침 글쓰기를 한다.
오프인 쉬는 날에는 잊지 않고 하루에 하나의 글쓰기를 한다. 〉

처음에는 하루의 시간을 쪼개는 것이 힘들었다. 점점 쌓여가는 피곤함에 눌려 몇 번이고 포기하고 싶었다. 하지만 스스로에게 약속했다.

"오늘 한 줄이라도 쓴다."

그 약속이 내 루틴의 시작이 되었고 삶에 글쓰기가 스며들었다.

아침 시간은 하루 중 가장 빨리 지나가기 마련이다. 분명 시간은 같은 속도로 지나간다는데 아침의 5분은 저녁의 그것과는 다르게 느껴진다. 데이 근무 출근 전은 기본적으로 시간에 쫓기다 보니 차분한 글이 써지지 않는다. 마음의 안정이 찾아오는 저녁의 글이 더 좋다. 그러면 저녁에 쓰는 거다. 인정할 것은 인정한다. 규칙적인 근무를 하지 않고 있다. 그렇다면 규칙적인 매일의 아침 글쓰기를 고집할 이유는 전혀 없다. 일단 매일 글쓰기를 실천하는 그 모습이 중요하다.

평일의 이브닝 출근을 하는 날은 글쓰기에 안성맞춤이다. 부산스러운 아침을 보내더라도 아침 8시 30분이 지나가면 가족들을 모두 각자의 자리를 향해 밖으로 나간다. 금세 폭풍 후의 고요함이 찾아온다. 눈앞에 걸리적거리는 집안일만 어느 정도 정리된다면 홀로 남은 집에서의 집중력은 스터디 카페의 그것과는 비교가 안 된다. 비밀이지만 나는 평일 이브닝 근무를 즐긴다. 분명 이브닝 근무가 가지는 아쉬움도 있다. 하지만 하루를 꽉 채워 살아갈 수 있는 시간에 대한 만족감을 느낄 수 있다. 아침에 가족들을 잘 챙겼다는 만족감도 있고 하루의 근무를 무사히 해냈다는 보람도 있다. 그리고 출근 전 글쓰기까지 이뤄낸다면 그 성취감이야말로 엄청나다. 커피믹스 두 잔을 연거푸 마신 것보다 더한 도파민이 솟아난다. 이렇게 하루를 꽉 채운 날은 보너스로 숙면까지 이룰 수 있다.

　나이트 근무를 마치고 겨우 집에 돌아오면 몸은 지쳐 있다. 치밀어 오는 배고픔과 졸음에 힘겨워 짜다 만 행주처럼 몸이 축 늘어진다. 밤새 환자를 돌봤다. 긴장 속에서 지친 몸과 마음은 쉽게 회복되지 않는다. 퇴근 후 겨우 아침밥을 차려 먹고 바로 침대에 몸을 눕히곤 했다. 너무 늙지도 않았지만 꽤 젊은 편도 아니다. 슬슬 몸 관리를 해야 하는 40대 중반이란 말이다. 식후 바로 잠자리에 드는 것은 건강에 해롭다기에 운동을 하려 했다. 하지만 다시 이어질 나이트 근무를 위해 체력 비축을 해야 한다. 그래서 글쓰기를 하고 잠에 드는 습관을 들였다. 1시간 정도 글쓰기에 시간을 투자한다. 단잠을 자고 일어난 아침과는 확연히 다른 컨디션이기는 하다. 무거워진 몸을 이끌고 기어이 노트북 앞에 엉덩이를 앉힌다. 밝은 대낮이지만 더 나빠질 시력 보호를 위해 거실 등을 밝힌다. 따뜻한 조명 아래 노트북을 켜면 조용한 세상은 오직 나와 글뿐이다. 그 순간만큼은 엄마, 간호사, 아내가 아닌 순수한 글을 쓰는 나 자신으로 존재할 수 있다. 처음에는 손이 무겁고 눈꺼풀이 내려앉아 글이 잘 써지지 않았다. 하지만 한 문장, 한 문장을 붙들고 쓰다 보면 하루 동안 쌓였던 생각과 감정이 정리되며 마음이 가벼워진다. 피곤함 속에서도 글쓰기가 주는 몰입감과 성취감은 놀랍다. 일단 뭐라도 했으니 기분 좋게 잠에 빠져들 수 있다.

오프인 쉬는 날에는 잊지 않고 하나의 글쓰기를 완성하기만 하면 된다. 여유로운 하루 중 원하는 시간에, 원하는 글쓰기를 한다. 글을 쓴다는 것을 잊지만 않으면 된다. 그것이 가장 중요하다.

매일의 글쓰기를 유지하기는 쉽지 않다. 글은 잘 써지는 때도 있고 첫 문장에서부터 막히는 때도 있다. 짧은 시간이라도 꾸준히 쓰는 습관을 쌓는 것이 중요하다. 그 시간을 지켜내는 것만으로도 내가 조금씩 변화되는 것을 느낄 수 있다.

시간이 지나 글쓰기는 삶을 지탱하는 중요한 힘이 되었다. 가끔은 하루를 살아내기 힘든 날이 다가오기도 한다. 글쓰기가 점점 삶의 일부가 되면서 꾸역꾸역 살아내는 하루의 일상에서 마음의 균형을 유지할 수 있게 되었다.

매일 쓸 용기

머리로는 아는데 실천이 안 된다는 것은 딱 한 사람을 못 이겨서 그러는 거라 생각한다. 바로 나 자신.

아예 불가능한 일이었다면 상황이 다르다. 하지만 실천할 수도 있는 일이라면 그건 실천했어야 한다. 이런 상황이 참 많다. 오늘부터 글쓰기, 독서, 운동 이 3가지만큼은 미루지 않으리라 다짐해 본다. 뭔가를 미룬다는 것은 대부분은 할 수 있지만 지금은 하고 싶지 않음을 의

미한다. 한 번쯤 안 한다고 해서 별일이 안 생기니 말이다. 하루 이틀 빠지면 급기야는 멈추게 된다. 자전거 바퀴가 구르는 것처럼 발전하려면 계속 굴러가야 한다. 속도를 늦추는 순간 더욱 하기 싫음으로 멈추는 순간이 금세 와버린다.

글 쓰는 작가가 되었으니 매일 글을 계속 쓰려한다. 계속 쓰다 보면 무슨 일이든 생길 것이다. 내가 계속 쓰기만 한다면.

밤 12시는 데드라인

작가들에게는 데드라인이 있다고 한다. 정해진 시간까지 글을 제출하는 것 말이다. 슬초 브런치에서 매일 글쓰기 인증을 하는데 마감 시간을 밤 12시로 정했다. 내가 좀 많이 느려터진 성격을 가진 탓이다. 부지런한 척하지만, 솔직히 나는 엄청난 게으름뱅이이다. 최대한 안 움직이기 위해 몸부림을 친다.

그날 글을 써서 그날 인증하는 것은 조금 부담으로 다가온다. 어제도 회식이 있었는데 그러면 글쓰기 인증을 빠뜨릴 수도 있다. 이런 생각은 걱정과 불안감에 빠져들게 한다. 인정하기 싫지만 완벽주의 경향도 살짝 있다.

스스로 마감 시간을 정했다. 매일의 마감 시간은 밤 12시인데 그다음 날 올릴 글을 전날 미리 마감을 치는 거다. 그리고 다음 날에는 인증을 하기만 하면 된다. 일찌감치 당일 인증은 마쳤으니 느긋하게 다음 날 올릴 글을 쓰면서 나의 하루는 느슨하게 흘러간다. 뭔가에 쫓기는 듯이 마감하는 삶은 나의 글 쓰는 즐거움을 가져가 버릴 테니까.

틈틈이 생각나는 글쓰기 소재가 있으면 미리 제목이라도 메모를 해둔다. 벌써 글을 쓸 주제가 서너 개 정해졌다. 이제까지 할 말이 많았 구나. 정리가 되든 안 되든, 잘 쓰든 못쓰든 간에 계속해서 글을 써나가 야겠다.

아무 일도 하지 않으면 아무 일도 안 생기겠지만, 뭔가를 하면 안 하는 것보다야 나을 테니까. 그리고 일단 재미가 있으면 된 거라 생각 한다. 일단 내가 좋으면 된 거니까. 그게 중요하다.

쓰기 전
준비운동

작가로서 본격적으로 글을 쓰기 전 준비운동 과정을 가지는 것도 좋은 방법이라 생각한다. 실제로 저자는 이 방법으로 조금은 더 큰 사람이 되었다.

글쓰기의 준비운동에 관련된 이야기를 풀어내 보겠다. 제목부터 거창하지만, 이론은 간단하고 그저 실천하기만 하면 된다. 지금 당장 종이와 펜을 준비하도록 하자. 아니면 노트북의 키보드에 손가락을 살짝 올려놓아도 좋다.

자~ 이제부터 시작이다. 이제 무엇이든 써 보자.

그냥 써 보는 거다. 모든 것은 자유다. 글의 주제도 글의 분량도 자유여서 틀에 가두지 않는다. 제대로 된 글을 쓰기 전의 준비 작업이라고 생각하면 된다. 내 안의 나를 쏟아내는 시간을 가져보는 거다. 일단 내가 어떤 사람인지 알아야 글을 제대로 쓸 수 있다. 무작정 시작된 아무 말 대잔치다. 특별한 이유는 없지만 일단 100일 동안 매일 글 한 편을 써 보기로 했다. 매일의 주어진 주제 같은 것은 없다. 그냥 마구 쓰는 거다. 내 안의 나를 마구 쏟아내 보는 거다. 내가 어떤 삶을 살고 있는지, 어떤 생각을 하면서 사는 사람인지 글로써 토해내기 시작했다.

사람마다 다르겠지만 나의 경우를 이야기해 보겠다.

처음에는 그저 일상을 살아가는 이야기로 시작했다. 불혹이 넘은 나이에 글을 써 보려는 내가 너무 기특했다. 그래서 온종일 글쓰기에 관한 이야기만 써 내려갔다. 앞으로 글은 어떻게 쓸 것인지, 글쓰기를 위한 시간을 어떻게 만들 것인지, 또 더 나은 글을 쓰기 위한 노력은 무엇이 있을지 고민도 했다. 글쓰기에 대한 글을 쓰려면 글쓰기 관련 책을 읽는 경험은 필수다. 이렇게 글쓰기를 위한 자발적인 독서까지 이루어졌다.

시간이 흐른 후 뇌리에 꽂힌 것은 운동이었다. 일단 뭔가를 이루려면 체력이 뒷받침되어야 중간에 포기하지 않고 끝까지 갈 수 있다는 말을 들었다. 중간에 포기하는 것은 대부분은 체력 고갈인 경우가 많다더라. 아이들에게 지원하는 물품이나 교육비 결제는 시원하게 푹푹 잘도 하면서 유독 본인의 자기 계발 비용 결제에 짠순이인 나다. 대한민국의 평범한 아줌마임이 만천하에 드러나는 순간이다. 가성비가 뛰어난 운동을 찾고 있었다. 그러던 중 아파트 주변을 도는 걷기 운동으로 시작해 돈 한 푼 들이지 않는 아파트 계단 운동으로 정착하는 과정을 글로 쓰기도 했다. 계단 운동의 효과와 장점, 단점에 관한 이야기로 글은 채워졌다.

더 이상 쓸 거리가 없을 때는 먹고 사는 이야기를 했다. 명색이 이제 19

년 차 주부가 아닌가. 사람에게는 먹는 것이 아주 중요한데 나는 가족들의 생명을 책임지는 거나 다름없다. 하지만 정작 요리 솜씨는 그동안의 경력 기간에 비해 약간 미흡하여 대기업의 추천 상품을 적절히 이용할 줄 아는 똑똑함을 장착했다. 워킹맘으로 살아가며 모든 것을 다 잘할 수는 없다. 적절한 살림의 꼼수에 관한 이야기의 글감이 떨어져 갈 때면 이제 주제는 다른 곳으로 향했다.

다음 주제는 같이 살고 있는 동거인인 남편과 아이들에 관한 이야기로 흘러갔다. 가장 만만한 글쓰기 주제가 가족이지 않은가. 가장 따뜻한 주제이기도 하다. 나의 일상에 밀착되어 지내고 있는 이들의 이야기는 글을 읽는 이의 공감을 얻기에도 좋다. 특히 가족과 함께하는 이야기는 매일 부대끼며 살아가기에 새로운 쓸거리가 쏟아진다. 그저 글감을 그대로 주워서 쓰기만 하면 된다.

계속해서 글을 써 내려갔다. 이런저런 주제의 글을 쓰다가 닿는 곳이 있었으니. 그것은 바로 나였다. 물론 세상 사람들이 나에 대해 궁금해할 이유는 없다. 하지만 내가 쓰고 싶으면 그냥 쓰는 거다. 글쓰기의 주인은 일단은 쓰는 사람의 마음이다. 누구도 궁금해하지 않는 나에 관한 이야기다. 누가 쓰라고도 안 했는데 쓰기 시작했다. 내가 살아내고 있는 일상, 내 주변에 일어나고 있는 일들, 출근하는 일상에서 느끼는 보람됨과 누적된 피로, 현재의 나와 미래의 나, 과거에 가졌던 이루지 못한 꿈에 관한 이야기까지.

글쓰기를 하면서 나를 다시 돌아보게 되었다.

시간이 흐를수록 나에 대해 좀 더 깊은 이야기를 할 수 있었다. 일단 간호사라는 직업을 가진 나는 내 직업에 관한 이야기를 해보기로 했다. 매일 겪는 일상 중 가정에서의 일은 따뜻한 글이 많이 나올 수 있다. 하지만 병원에 근무하면서 겪는 일은 가히 일상적이라고 말하기는 힘든 특수한 경우다. 더군다나 3교대라는 특별한 시간의 근무를 하고 있으니 말이다. 처음에는 간호사에 대한 직업에 대해 어떻게 접근해야 할지 고민했다. 너무 깊숙이 들어가면 지루하고 딱딱한 전문 서적이 될 것이 뻔했으니. 글로써 본인의 직업에 관한 이야기를 쓸 때는 일반인이 아는 것보다 살짝 더 많은 정보를 주는 정도면 된다고 한다.

의도한 것은 아니지만 신인 작가의 경우 첫 책은 본인의 직업과 관련된 글을 쓰는 것이 책의 시작으로 무난하다는 말을 들었다. 또, 브런치의 동료 작가님들의 의견에 의하면 사람들은 병원의 간호사가 어떤 삶을 사는지 궁금해한다고 한다. 나에게는 일상인 삶이 누군가에게는 궁금함으로 다가올 수 있다는 사실도 알았다.

무작정 시작된 아무 말 대잔치였다. 시간이 흐를수록 이야기는 점점 깊어졌고 결국엔 진짜 나를 마주하게 되었다. 이런 글쓰기는 단순히 연습이었을까?

모두의 인생이 그렇겠지만 내 인생도 계획대로 굴러가지 않았다. 원래

계획은 매일의 글쓰기를 연습으로 본격적으로 진짜 책을 쓰려고 했다. 진짜 책을 쓰려거든 1가지의 뾰족한 주제를 가지고 특정한 사람을 대상으로 글을 쓰라고 하더라. 대상 독자를 좁게 한정하여 글을 썼을 때 오히려 더 공감을 끌어낼 수 있다고 알고 있다. 하지만 나는 나라는 사람을 먼저 알고 싶었고, 내 안의 나를 정면으로 마주하고 싶었다. 그래서 최소 100일 동안은 쓰고 싶은 것을 마구 써 보기로 했을 뿐이다. 특별한 주제 없이 그냥 마음 가는 대로 느끼는 그대로를 써 내려갔다. 일상을 이야기하다가 이야기는 점점 내 속내로 향해갔고 점점 나에 관한 이야기를 풀어내게 되었다.

가볍게 시작한 글쓰기는 시간의 힘을 빌려 점점 쌓여갔다. 의도한 것은 아니지만 이 글들은 내가 첫 책을 내는데 초고의 일부가 되었다. 물론 두 번째 책의 일부 내용으로 녹아들기도 했다. 이렇게 쓴 글들을 모아 예쁘게 다듬었다. 글 하나하나가 모여 책이 되었고 넓은 세상 밖으로 나가 서점과 도서관에 다른 책들과 함께 놓여있다. 이 얼마나 멋진 일인가. 일단 글은 쓰고 봐야 한다. 무슨 글이든 일단 글은 쓰였을 때 비로소 의미가 있게 된다. 일단 쓰자.

글쓰기도
양치기

아이들의 공부 중에 양치기라는 말이 있다. 양을 많이 풀어서 실력을 쌓이게 하는 방법으로 주로 특히 수학 공부를 할 때 문제의 양을 많이 푸는 것이다. 그러면 실력이 늘까? 정말로 문제를 많이 푸는 것만으로 실력이 느는 것이 맞을까?

일단은 어느 정도는 맞다는 것이 내 결론이다. 기본적인 수학의 개념을 설명하고 이해했으면 기본적인 연산부터 풀어본다. 개념 문제집을 풀어보고, 실력 문제집을 풀어보고, 심화 문제집으로 넘어간다. 오답이 많을 경우는 같은 수준의 문제를 많이 풀어보는 것. 확실히 실력이 늘기는 하더라. 아이들도 발전하는데 어른이라고 예외일 수는 없다.

글쓰기에 양치기를 접목한 지 넉 달이 넘어간다. 글 하나를 완성하여 브런치스토리에 발행하던 첫날, 얼마나 많이 고민하고 떨렸는지 모른다. 일주일에 한 편을 연재하는 작가가 될 거라면서 일주일 내내 글 하나만 잡고 있던 내가 삼일에 하나의 글을 완성했다. 이제는 매일 글을 발행하는 사람이 되었다. 일정한 주제를 잡고서 하나의 완성된 브런치 북을 완성하기에는 부담스러우니 브런치매거진에 매일 다양한 주제의 글을 올리고 있다. 특별한 주제라기보다는 그냥 내가 쓰고 싶은 주제가 그날의 글감이 된다.

글쓰기를 가르치는 방법은 없다고 한다. 그저 열심히 계속 쓰는 수밖에 없다고 말이다. 이 얼마나 황당한 가르침이란 말인가. 글쓰기는 계속 쓰다 보면 알게 된다고 한다. 계속 쓰다 보면 자기 자신을 알게 되고 발전하게 된단다. 그저 쓸 수밖에 없는 글쓰기, 계속 써야 발전할 수 있다는 그 글쓰기, 양치기를 추천한다.

지금껏 매일 글쓰기를 할 수 있었던 이유가 있다. 그중 많은 부분은 다른 브런치 작가님들의 활동을 보고서 배운 듯하다. 글이 하도 안 써지는 날에는 책을 읽으면 된다고 하더라. 책을 읽어도 글감이 떠오르지 않을 때는 다른 작가님들의 글을 읽어본다. 너무나 훌륭한 필체와 흡입력. 감탄할 때가 한두 번이 아니다. 주제 또한 너무 다양하다 보니 책을 여러 권 읽는 느낌이다. 좋아하는 작가님도 생기고 구독하는 작가님의 수도 이미 세 자릿수다. 작가님들의 글 발행 이력도 보게 되었는데 은근히 상위권의 조회수를 가지신 분들은 거의 매일 글 발행을 하시더라. 브런치매거진도 아니고 브런치 북을 매일 연재하다니. 여기서 자극을 받았다. 글을 잘 쓰려면 일단 매일 쓰는 습관을 들여야 하는구나. 뭐라도 매일 쓰는 삶을 말이다.

온갖 육아서를 읽은 나는 아이들에게는 매일 공부의 중요성을 이야기했
다. 매일 하는 것이 중요하다고. 나는 나에게 이야기한다. 매일 쓰는 것이
중요하다고. 매일 써야 한다고.

나는 오늘도 쓴다. 나는 매일 쓰는 작가다.

이제 양치기 소년은 거짓말을 하지 않는다

어제 마지막 슬초 브런치 과정의 줌 수업이 있었다. 작가인 이은경
선생님이 책 쓰기 특강을 해주시는데, 하루에 복사지 한 쪽에서 한 쪽
반짜리 분량의 글을 쓰라고 하신다. 분량 채우기가 만만치 않다. 브런
치 작가 신청 글도 한쪽이 겨우 넘었으니 말이다.

또 다른 미션! 분량을 채워라.

양치기란 말을 들어본 적이 있는가? 거짓말하는 심심한 양치기 소
년을 의미하는 줄 알았는데, 양을 많이 늘려서 문제를 푸는 것을 양치
기라고 하더라. 특히 수학의 경우를 말하는데 문제를 많이 풀다 보면
자연히 실력이 느는 것이라면서.

매일 정한 분량의 글을 채우기는 지금도 힘든 일이다. 더군다나 더
욱 가혹한 조건이 있었으니, A4용지로 한 장과 반쪽의 분량에 10포인
트 글씨 크기. 너무 어렵다. 줄 간격에 변화를 주어서도 안 된다. 꼼수

란 허용되지 않는다.

　슬초 브런치 과정 중에 하나의 임무가 매일 글쓰기였다. 주제 상관없이 매일 글을 씨 내려가는 것. 즉, 초고를 작성하라는 것이었다. 숙제는 열심히 하는 나다. 닥치는 대로, 생각나는 대로, 느끼는 대로 무작정 써 내려갔다. 하나의 차이가 있다면 분량을 지키지 않았다. 그저 내가 쓰고 싶은 만큼만, 쓸 수 있는 정도만을 작성할 뿐이었다.

　한 달간의 글쓰기 과정이었다. 써 내려간 글 중 내가 봐도 이건 참 잘 썼다는 생각이 드는 글이 두 개가 있다. 사실 그건 다 과제였다. 하나는 브런치 합격을 위한 글로 지금은 브런치 북 1화 연재물이 되었고, 또 하나는 또 다른 미션인 브런치매거진의 첫 게시물로, 실제로 글을 발행하는 것이 미션인 글이었다. 처음 브런치스토리에 발행하는 두 글이어서인지, 얼마나 심혈을 기울였는지 모른다. 두 글 다 기본적인 초고를 퇴고, 수정, 보완하는 과정에 4시간이 넘게 걸렸다. 시간을 들인 글들은 확실히 완성도가 높고 글을 읽어 내려가는데 막힘이 없다. 술술 흘러가는 강물처럼 매끄럽기까지 하다. 이런 글을 내가 썼다니.

　매일 발행하는 아무 말 대잔치인 매거진의 글들은 한 쪽 반의 분량을 채우지 못한다. 엄청난 시간을 매일 쏟아붓지 못하는 현실과의 타협 때문이라고 핑계를 대본다. 하루에 4시간이라는 시간을 쏟기에는 일상에서 해야 하는 일들이 너무 많다고 우겨라도 봐야겠다.

　나름 혼자서 타협한 것은 일단은 내 안의 나를 꺼내보기로 한 것이다. 날짜로 100일 정도는 매일 브런치매거진에 글을 쏟아내 보기로 했다.

　매일 연재라니. 나를 먼저 알아보고, 그때 매거진의 글을 초고로 하여 브런치 북을 만들리라.

　이제 남은 것은 실천뿐이다.

브런치 작가의
매일 글 발행 비법

브런치에 매일 글을 발행하다 보면 깜빡하고 글 발행을 못 하거나 실수를 하기도 한다. 매일 글 발행을 목표로 글을 썼다. 가끔은 꼼수를 부리기도 하는데 그 비법을 지금 공개하겠다.

브런치에는 예약 발행이라는 시스템이 있다. 아주 가끔이지만 글이 술술 잘 써지는 날이 있다. 그리고 한 문장도 완성하지 못하는 날도 있다. 기계처럼 글이 줄줄 나오지 않는 나이기에 나의 정신 건강을 위해서 예약 발행을 잘 이용하고 있다.

일단 글이 잘 써지는 날에 써지는 만큼 글을 쓴다. 솔직히 초고를 완성하는 것이 어렵지, 퇴고하는 것은 그보다는 덜 힘든 과정이다. 글이 잘 써진다고 여러 개의 글을 다 발행하지는 않는다. 독자들이 내 글을 모조리 다 읽어야 하는 것도 아니기에 욕심을 버린다. 또한 한 줄도 못 쓰는 날에도 글 발행을 할 수 있는 꼼수이기도 하다. 이렇게 매일 글 발행하는 자신을 보며 다시 글을 쓰게 되는 나를 발견하게 된다. 매일 뭐라도 해야 한다.

꼼수 작가의 비법을 공개합니다

2024년 10월 21일, 브런치스토리 작가로 합격한 후 10월 22일 처음 글을 발행했다. 그날의 감격이란 이루 말할 수 없다. 브런치 작가가 되기로 결심한 날부터 짤막한 글을 써 둔 것이 있었는데 하루에 두어 개씩 발행하여 전부 발행되었다.

처음이 어렵지, 글을 발행한다는 것은 조심스러운 선택이었다. 그리고 댓글과 라이킷에 빠져 더욱더 글을 열심히 쓰게 되었다. 정확히는 작가 합격 소식을 들은 날부터 지금껏 거의 매일 글이 발행되고 있다. 누가 대신 써준 거냐는 오해는 하지 마시길. 내 글의 모든 저작권은 나에게 있으니. 그에 대한 비법이 궁금하시다면 이 글을 끝까지 읽어보면 답을 알게 될 것이다.

내가 생각하는 브런치스토리 작가의 매일 글 발행의 비법은 따로 있다. 정석의 길이라기보다는 약간은 꼼수에 가깝다. 그래도 꾸준함은 계속되었으니 내 머리를 부드럽게 쓰다듬는다. 내가 다 대견하다.

물론 시행착오도 있었다. 이것저것 다 해보고 드디어 결론을 내렸다. 일단 미완성 글의 제목과 간단한 내용을 적은 메모들을 휴대전화로 브런치스토리에 직접 그냥 올려버리는 거다. 발행하는 것이 아니고 '작가의 서랍'을 아주 잘 활용 중이라는 거다. 글감이 떠오르지 않을 때 대강 써놓은 글감 중 하나를 집어 그대로 써 내려가면 된다. 예전에는 워드 파일로 저장한 후 옮기곤 했다. 조금이라도 번거롭다고 느껴지면 하기 싫어지는 게 나란 인간이다. 시스템을 만들어야 한다. 최대한 하기 쉽고 편하게 해야 한다. 나의 작가 노트는 안타깝지만, 그냥 일반 수첩으로 신분 하강 되고 말았다.

작가의 서랍에 몇 개의 밀린 글감을 보고 있노라면 뿌듯하기까지 하다. 글을 쓰려는데 정말이지 아무 생각이 안 날 때도 있다. 그럴 때면 미리 물어다 놓은 도토리처럼 하나씩 까먹는 재미가 꽤 쏠쏠하다.

어쩌다 보면 글이 잘 써지는 날도 있다. 하루에 세 개의 꼭지를 완성하는 날이 있는데 한 번에 다 발행하지 않고 하나씩 발행 예약을 해둔다. 우리네 일상은 언제나 세워둔 계획대로 잘 굴러가기만 하는 것은 아닐 터이니 이렇게 시간을 버는 때도 있다. 그리하여 6일 동안 다낭으로 해외여행을 갔었는데 여행 후기 없이 예약된 글들이 발행되도록 했다. 바쁜 일정이 예상되더라도 매일 글 발행이 되도록 만든다. 혹시라도 나의 매일 발행되는 글을 기다리는 독자님이 계실 수도 있으니, 그들을 실망하게 하면 안 된다는 작가로서의 사명감을 가져본다. 아무도 사명감을 가지라고 한 적이 없지만 그냥 스스로 가져지더라. 가끔은 나도 나를 잘 모르겠을 때가 있다. 그냥 이 부분은 그렇다고 하고 넘어가도록 하자.

기록의 힘은 대단하다. 그저 하루하루 글을 써나갔을 뿐이다. 가끔 뒤를 돌아본다. 내가 써놓은 글들이 쌓여가고 있는 것을 보면 뿌듯함이란 말로 표현하기 힘들다. 이러한 이유로 인스타그램에도 글쓰기, 독서, 운동 인증을 하고 있는데 내가 너무나 기특하다.

자존감이 그리 높지 않은 나였는데 이제 나는 나를 더 사랑하는 것 같다. 뭐든 할 수 있을 것 같다. 오늘도 내일도 모레도 나는 매일 쓸 것이다. 이제는 분량을 늘리는 것이 숙제인데 내가 하고 싶은 말이 많은 부분에서는 자연스럽게 길게 써 내려가는 것을 보니 시간이 조금 더 흐르기를 기다려 봐야겠다.

별거 아닌 비법이지만 글 쓰는 작가님들에게 단 한 분에게라도 도움이 되었으면 좋겠다.

작가 노트 주문

녹색 창을 마구 두드리고 있다. 내게 필요한 건 작가 노트다.

도대체 몇 시간째 검색하는 건지. 갑자기 작가 노트가 필요하다. 왜냐하면 나는 이제부터 작가니까. 이놈의 브런치 합격은 나에게 작가 대우를 해주라며 몇 시간째 녹색 창에 폭풍 검색을 하게 한다. 뭔가 끄적거릴 것이 있으면 글감이 떠오르려나. 휴대전화 속 애플리케이션인 삼성 노트도 이용하지만, 아날로그 감성도 필요하다고 우겨본다. 거참 돈 쓸 핑계 좋구면.

갑자기 글쓰기 주제가 생각나기도 한다. 글쓰기 주제란 별거 아닌 거에서부터 시작하더라. 한참을 검색한 후 찾은 것은 포켓 크기의 모눈 노트 다이어리다. 말이 좋아 다이어리지 모눈 노트만으로 채워진 손바닥만 한 수첩인데 무려 2만 8천 원이나 한다. 미래의 작가님에 대한 투자라 생각하자. 다이어리를 1년을 진득이 쓰지 못하는 나에게 날짜 없는 이런 수첩이 딱이다.

초등학생 때 그림을 아주 못 그리는 나에게 미술 시간의 가장 무서운 주제는 '무제'였다. 어쩌란 말인가. 주제가 없어. 네 마음대로 그리세요. 이런 것이 똥손을 가진 나에게는 너무 어렵단 말이지.

슬초 브런치 동기 방의 카톡에 그림 관련 앱 얘기가 나오더라. 눈에 띄는 얘기는 ask up. 호기심에 설치해 보니 이상한 녀석이었다. 병아리를 그려 보라 하고, 노란 병아리도 그려 보라 하고, 소풍 가는 노란 병아리도 그려 보라 하고. 구체적일수록 그럴듯해지더라. 세상에나! 카톡방 대화창에 글을 입력하기만 하면 제법 그럴듯하게 그림을 그려 준다.

그러다 시계를 그려 보라니 그림은 안 그리고 어떤 시계를 그릴 건지 물어본다. 그때 무릎을 '탁' 쳤다. 아~~ 너도 입력값이 너무 적으면 곤란하구나. 원하는 값이 구체적일수록 그리기가 쉬운 거였어.

막상 떠오르지 않는 글감 때문에 스트레스를 받을 필요는 없다. 그저 비슷한 일상을 살아가고, 별 이벤트도 없지만 매일 뭐라도 끄적거리고 있다. 그냥 지나쳐 가는 하루를 흘려보내기보다는 한 줄 글이라도 남겨서 사사로운 일상을 기록하고 있다. 생각하는 사람이 되고 싶다. 계속 쓰는 사람이 되고 싶다.

5

글과 나

글과 나와의 관계에 대해 이야기하려 한다. 꾸준히 글을 쓰면서 이 글의 주인은 당연히 나라고 생각했다. 내 마음이 담긴 문장과 내 기억을 옮겨 적은 단어들이 내 것이니 이 글들은 전부 나의 것이라 여겼다. 작가에게는 저작권이라는 것도 있지 않나. 내가 글을 썼으니 당연히 내 글은 전부 나의 것이라 생각했다. 하지만 발행 버튼을 누르는 순간 글은 내 손을 떠난다.

그때부터 글은 나의 것이 아니라 읽는 사람의 것이다. 나는 그저 브런치에 하나의 씨앗을 심었을 뿐이다. 그것이 누군가에게 가서 어떤 꽃을 피울지는 독자의 몫이다. 가끔은 내가 의도하지 않은 부분에서 사람들의 반응이 보인다. 이를테면 글의 마지막 문장에 가장 힘을 주어 신경을 썼는데 정작 독자들은 중간에 가볍게 흘려 쓴 한 문장에 깊게 공감하기도 한다. 내가 강조하고 싶었던 메시지는 묻히고 사소하게 던진 문장이 누군가에게 위로가 되기도 한다. 처음엔 조금 당황스러웠다.

'왜 거기에 마음을 두었을까?'

시간이 지나면서 이해하게 되었다. 글은 내가 쓴 방식대로가 아니라 누군가에게 읽힘으로써 비로소 완성된다는 것을. 이것을 받아들이는 데는 시간이 필요했다.

모든 사람을 내 의도대로 만족시킬 수는 없다. 그리고 그럴 필요도 없다. 내가 의도한 대로 읽어주기를 강요할 수도 없다. 그저 내 안의 진심을 꺼내놓으면 그것으로 충분하다. 그다음부터 글이 알아서 각자의 자리로 간다. 시간이 흐른 후 깨달았다. 내가 쓴 글이지만 발행한 글은 더 이상 나의 것이 아니라는 것을 말이다. 그것은 누군가의 마음속에 흘러들어 그들만의 이야기가 되어 살아간다.

또, 나는 쉽게 흔들리는 갈대 같은 사람이었다. 누군가의 가시 돋친 말한마디에 하루 종일 기분이 가라앉기도 하고, 사소한 실패에도 오랫동안 자신을 탓하곤 했다. 겉으로는 괜찮은 척했지만 마음속은 금방이라도 부서질 것처럼 약했다.

그런 내가 글을 쓰기 시작했다. 처음에는 작은 일기처럼 써진 글을 누군가 읽어주면 좋겠다는 생각으로 시작했다. 시간이 지나면서 글쓰기는 나를 단단하게 훈련시켰다. 꾸준히 글을 쓰다 보면 감정이 정리된다. 글 앞에 솔직해진 나를 마주하면서 말이다. 어느덧 쉽게 흔들리던 나는 내면의 중심을 잡게 되었다.

글은 나를 더 정직하게 만들었다. 글 앞에서는 거짓말을 할 수 없다. 내가 나를 속일 수 없다. 내 안의 진짜 목소리가 글을 통해 흘러나왔다. 그리고 그 목소리를 받아들이는 순간 조금 더 단단해진 나를 마주했다. 글을 쓰면서 알게 되었다. 강하다는 건 흔들리지 않는 것이 아니다. 흔들려도 다시 중심을 찾고 제자리로 돌아올 수 있는 것이 진정 강한 것이다. 그 힘을 글쓰기가 내게 주었다. 이제는 예전처럼 쉽게 무너지지 않는다. 마음이 흔들릴 때마다 다시 글을 쓴다. 쓰는 동안 조금씩 차분해지고 쓰고 나면 한결 단단해진다. 글은 여전히 서툰 나를 붙잡아주는 가장 든든한 기둥이다.

글쓰기는 글쓰기 자체로도 좋은 습관이다. 계속 글을 쓰다 보면 좀 더 나은 나를 만나게 된다. 나이의 숫자가 커진다고 해서 전부 현명한 어른이 되는 것은 아니다. 좀 더 많은 시간이 흐르고 만난 나는 더 괜찮은 사람이었으면 좋겠다.

나만의
이야기

브런치를 탐색하는 것은 너무 재미있어서 한번 발을 들여놓으면 쉽사리 나가기 싫어진다. 마치 바닷가에 발을 간지럽히며 노는데 나가기 싫은 것처럼 너무 즐겁다. 그러다 갑자기 기분이 가라앉는 순간이 찾아오기도 한다. 수많은 글을 읽다 보면 누군가는 일상 에세이 한 편으로 조회수가 천 단위를 찍고, 또 누군가는 감성 사진과 짧은 문장으로 많은 공감을 얻는다. 너무 평범하기만 한 내가 쓴 글이 다른 사람에게 닿을까 하는 불안이 밀려오기도 한다.

처음 브런치에 글을 올렸을 때가 생각난다. 내 글이 다른 작가들의 글과 비교되어 부끄러웠던 적이 있다. 그들의 글은 너무 세련되었고, 감동적이었으며, 수십 개의 댓글이 달린 화려한 글이었다. 이렇게 그들의 글은 많은 공감을 받고 있었다. 하지만 내 글은 평범하고 특별한 것 없는 일상 이야기가 주를 이루었다. 그때마다 '내가 왜 글을 쓰지?', '괜히 작가 된다고 했나', '사서 고생을 하는구나'라는 생각이 들기도 했다.

시간이 지나면서 깨달았다. 비교는 나를 성장시키지 않는다는 것을. 비교는 괜한 불안감만 증폭시켜 잘 써지던 글마저 망쳐버리기 일쑤다. 다른 사람의 글과 내 글을 비교하며 불안해하기보다는 내 글에 집중하고 나만의 목소리를 찾는 것이 중요하다는 것을 알고 있다. 내가 쓴 글은 오직 나의 경험과 감정을 담은 것이다. 그것은 다른 사람의 글과 비교할 수 없다. 오직 나만의 이야기가 담겨 있다. 그것이 핵심이다.

다시 글을 쓰기 시작했다.

'불안과 비교 따위는 멀어지거라. 나는 내 이야기를 담겠다.'

이제 다른 사람과 나를 비교하지 않는다. 내가 쓴 글은 나만의 이야기이며 그것이 가장 소중하고 의미 있는 것임을 알게 되었기에.

내가 못 할 것 같아?

나는 내 남편을 몹시 사랑한다. 그는 가끔 나를 아주 많이 자극한다. 고상한 표현은 아니지만 뚜껑 열리게 한다는 표현이 아주 적절할 듯하다. 보통 때의 그는 아주 점잖은 사람이다. 하지만 아주 가끔 잔잔한 강 같은 나에게 돌팔매질하는 소년 같단 말이다.

딱 한 번뿐이었던 슬초 브런치 오프라인 모임에 다녀온 후다. 선배 출간 작가님의 책 얘기를 하고 있던 중이다. 그분이 삼백 편 넘는 글을 꾸준히 쓰신 것에 관해서 이야기를 나누었다.

"자기는 하루에 한 편 못 올리잖아."

"뭐? 내가 못 할 것 같아?"

이 사람 나를 잘 못 봐도 한참을 잘 못 봤다. 이래 봬도 나 예습 복습은 잘 못해도 숙제는 열심히 하는 학생이야. 브런치매거진에 매일 하루 한 편씩 글 올리고 있다고. 내가 자기한테 말을 안 해서 그렇지 일주일에 글 일곱 편씩 올리고 있어.

휴~ 남편에게는 내 꿈에 대해서 뭘 바라지 말아야지. 곰곰이 생각해 보니 일주일에 일곱 편이면, 1년이면 삼백 편이 넘는다. 이 엄청난 것을 내가 할 수 있으려나. 매일 글 올린다고 큰소리쳐 났지만, 지속하기란 쉽지 않으리라. 이렇게 난 내가 놓은 덫에 걸려 버렸다.

말을 내뱉었다. 1년 후에 브런치에 삼백 편이 넘는 글이 발행되어 있어야 한다. 이거 참. 삶은 계획대로 사는 것이 아니라더니 정말이었네. 숙제라 생각하고 한번 해봐야겠다. 인생은 마음먹은 대로 이루어진다고 했다. 독자들이 내 글을 기다리고 있을 테니, 계속 글을 써봐야겠다.

(이제 나 어떡하지. 소리는 질러났는데 글 삼백 편이라니. 티끌이라고 무시하면 안 된다. 하나씩 모으다 보면 시간이 해결해 줄 것이다. 게으른 나만 이길 수 있다면.)

나는 브런치에 왜 글을 쓰는가

글 쓴 지 꽤 시간이 지났다. 마지막 슬초 브런치 오프라인 모임이 있고 난 뒤 열흘이 지났다. 웬일인지 나는 계속해서 오늘을 인증하고 있다.

독서하셨나요? 운동하셨나요? 은경 선생님의 목소리가 귓가에 맴돈다.

건망증이 심한 나다. 브런치의 예약 발행 시스템을 통해 써놓은 글을 자동 발행해 두었다. 그리고 생각날 때마다 휴대전화에 초고를 기록해 둔다. 여유로운 시간에 노트북을 펼친 후 머리를 쥐어짜서 퇴고하곤 한다.

아침 루틴이 생겼다. 30분 정도 일찍 일어나서 인스타에 브런치 발행 글을 인증한다. 운동을 하면 또 인증을 한다. 세 번째 독서 인증은 가끔 빼먹지만 이제 하려고 한다.

글쓰기, 운동, 독서.

나만을 위한 시스템을 이어가는 원동력은 역시 칭찬이다. 인스타그램의 하트와 칭찬 댓글이 쌓이고, 브런치의 라이킷이 나를 움직인다. 별거 아닌 나의 움직임에 관한 칭찬은 기분 좋은 아침으로 시작하게 한다. 또 시간의 힘이란 정말 대단하다. 하루에 1개 이상 올리던 게시물의 개수가 쌓여서 백여 개가 되어간다. 나의 성실함을 숫자로 보니 나 좀 괜찮은 사람인가 싶다. 삶에서 중요하다 생각하지만 지나치기도 쉬운 운동과 독서를 했다는 것을 기록으로 남기는 것, 그게 또 재미있다.

매일 일상을 살아간다. 인생의 1/3은 일하는 시간으로, 1/3은 수면 시간으로. 남은 1/3의 시간을 아이들과 지내고, 집안일하는 틈에 글을 쓰고, 운동하고, 독서한다.

하루를 생선 가시와 껍데기처럼 살지 않고, 알이 꽉 찬 생선처럼 실하게 살고 있다. 좀 더 일찍 진작에 이렇게 살았어야 한다는 아쉬움이 남는 건 사실이다. 하지만 어쩌랴. 이제라도 깨달았으니, 지금부터라도 열심히 글을 써봐야겠다. 너무 큰 욕심보다는 꾸준히 계속 이어가다 보면 무슨 일이 생길 것이다. 최소한 나에 대한 애정도는 높아질 것이고, 몸과 마음의 건강은 항상 함께 할 것이다.

오늘도 글 쓰고, 운동하고, 책을 읽을 것이다. 중요한 것은 아는 것을 실천으로 옮기는 그 자세라는 것을 알고 있으니.

영감 없는
날들

살다 보면 매일 글을 쓰지 못하는 날이 찾아오기도 한다. 그런 날은 피하려 해도 반드시 찾아오더라. 몸이 너무 아파 노트북을 켤 기운도 없다거나 아이가 너무 아프거나, 집안에 갑작스러운 일이 생겼다거나 너무 많은 피로가 쌓여 아무것도 하고 싶지 않은 날들 말이다. 이런저런 이유로 글을 쓸 수 없는 날들이 있다. 글을 쓸 수 없는 날은 굳이 무리할 필요가 없다. 그럴 때는 그냥 쉬면 된다. 인생 단순하게 살면 된다. 우리에게는 그다음 날이 있으니까.

문제는 다음의 경우다. 아무 일도 없는데 글을 쓸 수 있는데도 불구하고 글이 안 써지는 날이 있다는 거다. 작가들이 글을 쓸 때면 찾는 것이 있다. 그것은 글감이라 부르기도 하고, 영감이라고도 부른다. 오늘 쓸 글의 주제를 찾는 것이다. 영감이 없는 날은 영감을 찾아 나서기도 한다. 살아가는 일상을 조금 더 들여다보면 영감이라는 것이 보이기도 한다. 하지만 무수히 많은 토끼풀 속 네잎클로버를 찾기 힘든 것처럼 많은 노력에도 불구하고 쓸거리가 도저히 찾아지지 않는 날도 있다.

글을 쓸 때 하루하루가 가슴 떨린다면 지속하기 힘들 수도 있다. 사랑에 빠진 사람이 상대방을 바라볼 때마다 계속 두근댄다면 과연 행복할까? 글을 쓰다 보면 슬럼프에 빠지기도 한다. 계속되는 글쓰기가 발전됨 없이 밋밋한 날의 연속일 수 있다.

사람마다 다르지만, 나에게도 슬럼프의 기간은 찾아왔다. 첫 책을 출간한 후 끊임없이 반복되는 퇴고에 지쳤다. 두어 달 지속된 퇴고는 출간의 기대감에 어찌어찌 완주하기는 했다. 하지만 체력적으로 나를 너무 극한으로 몰아넣었다. 그래서인지 출간 후 생각보다 오랜 기간 글쓰기를 할 수 없었다. 하루하루 미루던 글쓰기의 간격이 벌어지더니 급기야는 넉 달이 넘는 기간 동안 겨우 스무 편 남짓의 글을 써냈다. 매일 글쓰기를 하던 사람이 이렇게나 게을러지다니. 이것이 '작가의 벽'인가 보다. 이런 생각에 이르렀다. 유명 작가들에게나 존재하는 현상이 나에게도 일어난다니 기가 막히면서도 흡사 연예인 병 같다는 생각도 들었다.

'*작가의 벽*'*이라는 현상은 좋은 작품을 써냈던 작가가 막막함을 호소하며 갑자기 글을 못 쓰게 되는 일을 말한다. 작가의 벽을 만난 사람들은 글쓰기가 무서워지고, 그동안 쓴 글이 형편없어 보이고, 자신이 쓸모없*

는 인간으로 전락하는 기분에 빠져들게 한다고 한다.〉

슬럼프에서 돌아올 때는 큰 글을 쓰지 않았다. 굳이 분량에 제한을 두지 않아 짧은 문장 몇 개만 적은 날도 있었다. 글쓰기가 너무 힘든 날은 글쓰기의 꼼수를 부렸다. 닥치는 대로 여러 분야의 책을 읽고 서평을 작성하는 것도 좋은 방법이었다. 덕분에 특히 뇌 과학에 관한 책을 섭렵했다.

이렇게 근근이 글쓰기를 이어가고 있던 어느 날, 정신을 번쩍 차리게 하는 일이 있었다.

"글 쓸 때 달달한 게 필요하면 맛있게 먹고 좋은 글 쓰세요~"

어머나~~ 지인의 갑작스러운 마카롱 선물이다. 아~ 나 글 쓰는 사람이었지? 커다란 마카롱이 뒤통수를 세게 후려치면 이런 느낌이려나? 이렇게 영감은 내게 돌아왔고 나는 다시 글 쓰는 사람이 되고자 했다. 작가의 벽은 쓰고자 한다는 마음이 있다면 언젠가는 허물어진다는 것을 알고 있기에.

한 달, 두 달,
쌓이는 변화

처음 글을 쓰기 시작했을 때 내 글은 너무 작고 보잘것없게 느껴졌다. 시간이 흘러 하루하루 조금씩 쌓이는 글은 눈에 보이지 않는 힘이 있다. 글이 쌓이면서 마음이 단단해지고 생각이 정리되는 것을 느꼈다. 글을 쓰는 습관은 이제 내 삶의 작은 루틴으로 자리 잡았다.

어느 순간 깨달았다. 글을 쓰면서 내 안의 불안과 걱정은 하나씩 정리되고, 자신감과 용기가 쌓여가고 있다는 것을. 또한 글이 쌓이면서 내가 쓴 기록을 되돌아보는 즐거움도 생겼다. 예전에 놓쳤던 감정, 사소하게 지나쳤던 일상의 순간들이 글 속에서 다시 살아났다. 그것을 다시 읽으며 웃기도 하고, 때로는 울기도 했다. 그 과정에서 내 글이 나 자신을 돌아보게 하는 거울이 되었다.

브런치에 올린 글을 통해 누군가 공감하거나 메시지를 남길 때, 작은 글 하나가 다른 사람에게 위로가 되고 있다는 사실을 알게 되었다. 한 달, 두 달 꾸준히 글을 쌓으면서, 글은 단순한 기록이 아닌 삶과 연결되는 힘이 있다는 것을 깨달았다. 나와 누군가의 삶에.

하루도 빠짐없이
도토리를 심는다면

1. 기록한다는 것의 의미

브런치스토리에 매일 글을 발행하고 있다. 인스타그램에도 매일 쓴 글, 독서 인증, 운동 인증을 하려 하고 있다. 신기한 것은 내 글을 내가 가장 많이 본다는 것이다. 혼자서 오타를 교정하고 몇 번의 퇴고 끝에 발행한다. 하루에 글 쓰는 시간을 1시간으로 정했는데 그 시간을 내기가 여간 힘든 것이 아니다.

기록을 하니 좋은 점은 지나쳐 가는 나의 일상을 잡아두는 것이다. 분명 기록해 두지 않으면 스칠 찰나를 글로써 남긴다는 것은 너무나 멋진 일이다. 살아가면서 생각보다 많은 것을 까먹고 살고 있었다. 소중하고 사랑스러운 기억조차도.

지나간 티브이 프로그램 중 재미있게 본 송일국 씨의 세쌍둥이 아이들 육아를 하는 〈슈퍼맨이 돌아왔다〉라는 프로그램이 있다. 한참의 시간이 흐른 후 송일국 씨는 프로그램에서 영상으로 세쌍둥이의 육아 모습을 남긴 것이 평생의 가장 좋은 선물이라고 했다. 그럴 것 같다. 육아를 해본 엄마로서.

매일 글을 쓰며 느낀다. 내 글은 특별히 정보를 주거나 하는 글은 아니다. 감성 에세이 정도로 구분이 될 내 글들은 나의 일상을 보여준다. 나의 감정과 기분, 느낌을 보여준다. 그 당시의 찰나를 붙잡아 두는 글은 다시금 볼 때면 그날의 기억을 떠올리게 해준다.

기록의 힘은 대단하고, 시간의 힘 또한 엄청나다. 하루에 도토리 하나를 심는다고 무엇이 달라질까. 그러나 하루도 쉬지 않고 매일매일 꾸준히 도토리 하나씩을 심는다면 이야기는 달라질 것이다. 그 힘을 믿는다. 오늘도 글을 써 본다. 내일도 쓰고 싶다.

2. 버티는 자가 이기는 것이다

진정한 승자는 버티는 자라고 했다. 요즘 말로 존버. 〈1박 2일〉이라는 온 가족이 즐겨보는 프로그램이 있다. 수많은 출연진이 지나쳐 갔지만 우리의 기억에 남는 사람. 그 승자는 강호동이 아니라 김종민이다. 김종민은 프로그램 처음부터 지금을 이끌어 온 주역이다. 좀 더 솔직히 말하자면 주역이라기보다는 지금까지 프로그램에서 잘리지 않고 계속해서 출연 중인 연예인이다.

슬초 브런치 오프라인 모임에서 이은경 선생님이 하신 말이 떠오른다. 변호사가 되려는 아들이 있다고 한다. 아들이 자신은 1등은 못 할 것 같다고 말한다고 한다. 굳이 1등을 하지 않아도 된다고 말씀하셨단다. 그리고 본인을 포함한 글 쓰는 사람 중에 아직도 쓰는 사람은 얼마 있지 않다는 말과 함께. 1등이 되려고 하지 말고 그저 꾸준히 쓰라고 말씀해 주셨다. 부단히도 계속 쓰는 것, 그것이 무기일 것이다. 그전에도 쓰는 사람은 계속 있었지만, 지금은 사라지고 없단다. 중간에 포기한 사람들은 언제든 금방 잊히기 마련이다. 하지만 계속 쓰는 사람은 홀로 남아 1등의 자리에 앉아있게 될 것이니.

그렇구나. 계속 쓰다 보면, 계속해서 쓰다 보면 무슨 일이 생기기는 하겠구나라며 고개를 끄덕였다.

1년이 지나고 슬초 브런치 정기 모임을 또 하겠지? 그때까지 계속 쓰는 사람의 비율은 얼마나 될까? 많이 적으리라 예상된다. 딱 한 번의 오프라인 모임이었지만 느끼는 바가 크다. 정기 모임에는 1기, 2기, 3기의 동료 작가님들이 참석했다. 눈대중으로 보기에 내가 속한 3기는 정원 167명 중 120여 명 참석했다고 한다. 2기는 40여 명, 1기는 20여 명쯤이었으리라. 우리는 매 기수 의상의 컬러가 주어졌는데 그 옷 색깔로 기수를 구분할 수 있었다.

점점 갈수록 인원이 적어진다는 것은 글쓰기가 다른 어떤 것에서 우선순

위에 밀렸으리라 짐작된다. 매일 글쓰기란 쉽지 않지만 그렇다고 못 할 것도 없다고 생각된다. 적어도 현재 내 생각은 그러하다.

물론 현실적으로 매일 한 꼭지를 한 페이지 반으로 완성하리라 결심하면 나도 못 할 것 같다. 아직은 전업 작가가 아니니. 분량의 압박감에 눌려 절 필하는 일은 있어서는 안 된다.

처음 브런치 작가 심사 글을 쓸 때 창작의 고통이 이런 것이구나를 느끼게 되었다. 무려 4시간에 걸쳐서 A4용지 한 장 정도의 글을 완성했다. 프로도 아닌 내가 매일 이렇게나 많은 에너지를 쏟기는 쉽지 않다. 그저 일단은 내가 쓰고 싶은 글을 쓰고 싶다.

아기들이 처음 이유식 먹을 때를 생각해 본다. 첫날은 한 스푼으로 시작한다. 하루에 딱 한 스푼. 처음부터 잘 먹는다고 계속 주면 위장에 무리가 갈 것이고, 소화를 못 시켜 토할 수도 있다. 그다음 날은 두 스푼을 먹여본다. 그다음 날은 세 스푼. 이렇게 천천히 적응하면서 양을 늘려간다. 미음에서 죽으로, 죽에서 밥으로.

키워드나 콘텐츠보다는 일단은 나를 먼저 알아가야 할 것 같다. 일단은 매일 쓰는 연습을 하는 것이 중요하므로. 뭐라도 매일 쓰는 삶이 내 인생에 스며들기 시작하려 하는 지금. 계속해서 지금의 기쁨을 유지하고 싶다.

평소 좋아하는 문장이 있다.

"계획만 하면 아무 일도 일어나지 않는다. 일단 시작하고, 나중에 발전시

켜라."

일단 써야겠다. 나중에 퇴고, 퇴고, 퇴고하면 되니까. 그리고 무조건 오래 버텨야겠다.

작가계의 김종민이 되어야겠다. 출판계의 공무원이 되어야겠다.

실전 투고,
이렇게 준비하자

나는 가능성이라는 단어를 너무 사랑한다. 끈기라고는 어디에 가져다가 쓰려고 해도 없던 나 아닌가. 인생 오래 살고 보아야 한다더니 내 인생의 흐름이 살짝 우상향으로 올라가는 기분이다. 지금껏 정성껏 써왔던 글을 이제는 책으로써 묶어도 될 것 같은 느낌이 드는 오늘, 이제 글을 정리하고 목차를 짜 보아야겠다. 조금만 더 노력하면 뭔가가 이루어질 것 같은 오늘이다. 잠이 안 오고, 가슴이 너무 설렌다.

출판사에
투고하기 (1)

글을 쓰다 보니 어느 순간 브런치에는 백여 편이 넘는 글이 차곡차곡 쌓였다. 처음에는 하루를 기록한다는 마음으로 시작했다. 쌓인 글을 천천히 다시 보니 하나의 흐름이 보였다. 내 삶이, 내 생각이 글 속에서 한 권의 이야기로 이어지고 있었다. 분량 또한 적당하다는 걸 알았을 때 심장의 쿵쾅거림이 밖에서도 들리는 듯했다.

"혹시 이 글들을 모으면 책이 될 수도 있지 않을까?"

처음에는 망설였다. 책을 낸다는 건 나와는 아주 먼 이야기라고 생각했다. 책은 특별한 사람만이 쓸 수 있는 거라고 믿어왔기에. 다시 한번 모니터를 응시했다.

"어쩌면 내가⋯."

할 수 있다고 생각하면 할 수 있는 것이고, 할 수 없다고 생각하면 할 수 없는 것이라고 했다. 용기를 내야 할 때가 온 것을 직감했다.

원고를 정리하기 시작했다. 책으로 엮으려면 뼈대인 목차를 먼저 세워야 한다. 매일 발행한 글들을 다시 읽고, 순서를 바꾸고, 부족한 부분을 채워 넣었다. 한 편 한 편은 작은 이야기였지만 모아놓으니 하나의 긴 여정이 되었다. 글을 쓴 시간이 곧 나의 기록이었다.

며칠 밤을 새워가며 글을 다듬었다. 원고는 복사지 백 장 분량이었다. 한 번 읽어보는데, 한 번 정리 하는 데에도 시간이 한참 걸렸다. 며칠의 시간이 흐른 후 이쯤이면 됐다 하는 순간이 왔다. 결심했다. 마침내 원고를 출판사에 보내기로.

'혹시 외면당하면 어떡하지? 너무 부족하다고 하면 어쩌지?' 두려움이 몰려왔다. 하지만 마음을 내려놓기로 했다. 이제 선택은 그들의 몫이다. 공은 던져졌다. 이제 기다리기만 하면 된다. 내 글이 세상 밖으로 나갔다.

브런치 작가가 되기로 결심한 지 161일이 되었다. 브런치 심사에 합격하여 작가의 첫 발걸음인 브런치 작가가 되었다. 혼자서 끄적이며 글을 쓰던 때에는 글을 쓰다 말다 하였다. 이렇다 할 강제성이 없으니 오늘 글을 쓰든 안 쓰든 나의 삶에는 활력에 차이가 없었다. 그러다 브런치스토리에 글을 발행하기 시작하면서 나의 삶은 활기로 가득 찬 하루하루를 보내고 있다. 책을 쓰는 작가로 글을 쓰려면 뚜렷한 목적 하나를 가지고서 통일성 있는 글을 써 내려가야 한다고 했다. 이제 겨우 초보 작가인 나에게는 주제를 잡는 것 자체가 어려웠다. 그래서 그냥 내 마음대로 써 내려갔다. 특별히 목적 없는 글들, 그날의 느낌이나 삶의 한 조각들을 들여다보는 내용의 글이었다. 일을 하면서 느끼는 생각들, 엄마로 살아가면서 느껴지는 생각들, 삶을 살아가면서 생각하고 느끼는 것들을 솔직하게 쏟아내는 날들이 무려 5개월이 넘어가는 시점이었다. 그런 하루가 쌓이던 어느 날이다. 2호가 말을 걸어왔다.

"엄마, 언제 책 낼 거예요?"

"아직 책을 낼 정도의 분량이 안 되었어."

말은 그렇게 했지만, 갑자기 궁금했다. 매일 글을 쓴 지 5개월이 지나갔다. 대강의 개수를 세어보니 백팔십 편이 넘는 글을 발행했다. 처음 발행 버튼을 누르는 것이 얼마나 조심스러웠는지 모른다. 처음이 어려웠을 뿐이다. 이제는 거침이 없다.

나의 노력이 궁금해지려고 하는 찰나이다. 워드 파일에 지금까지 써왔던 글들을 정리하기 시작했다. 아주 동떨어진 주제를 가려내고 한 가지의 주제로 통일시킬 수 있는 범위 내에서 글을 추려내었다. 어쩜, 글은 쌓인다더니 100페이지가 다 되어간다. 이제 때가 된 것 같다.

글 쓰는 작가들은 자기 이름으로 된 책을 내고 싶어 한다. 나 또한 작가이니 내 이름이 새겨져 있는 책을 내고자 하는 것이 버킷리스트일 정도이다. 책을 출간하기 위한 시도로는 투고가 있다고 한다. 모르는 것은 녹색창에 잘 찾아보는 편이다. 하지만 작가라면 그 전에 마음을 먼저 다스려야 한다. 급하게 가려다가 넘어지는 수가 있다.

작가는 투고하기 전 나의 글 상태를 먼저 파악하는 것이 가장 먼저라고 생각한다. 누가 시키지도 않았는데 글 전부에 번호를 매겨 프린트해 본다. 화면으로 보는 글과 종이에 인쇄된 글을 보는 느낌이 약간 다르다. 책으로 보는 나의 글은 어떤 느낌일지 즐거운 상상을 해본다. 입꼬리의 씰룩거림과 어깨의 들썩거림은 숨기려 해도 숨겨지지 않는다.

전체적인 나의 글을 객관적으로 보기는 참으로 어렵다. 주관적으로 쓴 글이기에. 다시 한번 글을 본다고 할지라도 그 당시로 돌아가는 것이니. 이제는 편집자의 마음으로 글을 바라보아야 하는 때다. 내 글이 책으로 만들어질 가치가 정말 있는 것인지. 천천히 글을 읽어본다.

왠지 모를 기분 좋은 느낌은 무엇일까? 나는 가능성이라는 단어를 너무 사랑한다. 이렇게나 열심히 글을 쓴 지도 5개월이 다 되어간다. 끈기라고는 어디에 가져다가 쓰려고 해도 없던 나 아닌가. 인생 오래 살고 보아야 한다더니 인생의 흐름이 살짝 우상향으로 올라가는 기분이다. 지금껏 정성껏 써왔던 글을 이제는 책으로써 묶어도 될 것 같은 느낌이 드는 오늘, 이제 글을 정리하고 스스로 목차를 짜 보아야겠다. 조금만 더 노력하면 뭔가가 이루어질 것 같은 오늘이다. 잠이 안 오고, 가슴이 너무 설렌다. 투고를 준비해야겠다.

투고하기 전 내 글을 평가하면서 평정심을 가져야 한다. 객관적으로 편집자의 마음을 장착한 채 매의 눈으로 내 원고를 바라봐야 한다.

그! 린! 데! 내 원고를 객관적으로 보는 것은 참 쉽지 않다. 다른 작가님들도 그런지 모르겠다. 어쩜. 내가 쓴 글 맞아? 가끔 재치 있는 문장과 허를 치는 반전으로 다시 봐도 잘 썼구나 싶은 글이다. 퇴고해야 하는데 어디서부터 손을 봐야 할지 모르겠다. 내 글에 내가 취하는 것이 이런 상황인 걸까?

오랜만에 내 글을 보고 있노라면 잊고 있었던 예전의 시간이 새록새록 기억나더니 급기야는 눈물이 주르륵 흐르기도 한다. 주책맞음의 끝이라고나 할까. 과거의 내 생각을 버무려서 쓴 글이니 현재의 내가 읽어도 공감하면서 격하게 고개를 끄덕이며 읽고 있다. 객관성이란 제로에 가깝다.

이렇게 반해버린 글의 퇴고를 무려 다섯 번이나 더 했다. 가뜩이나 안구건조증이 장착된 흰자위는 시뻘게지고 있다. 노트북의 원고를 수정하고, 전체를 프린트했고, 다시 고치고 있다. 누가 시키지도 않았는데 혼자서 퇴고를 열심히 하고 있다. 이러기를 여러 번, 드디어 때가 된 것 같다. 며칠을 고민하던 중 드디어 투고를 하기로 결심했다.

나의 결심과 현실은 동시에 진행을 못 하고 있다. 투고하려면 필요한 것이 있다. 출간계획서, 목차, 초고. 이 세 가지가 있어야 한다. 산 넘어 또 산이구나. 책 한 권 내는 과정이 이리도 힘들어서야. 처음 가는 길은 이토록 험하고 힘들구나. 그렇다고 안 가볼 내가 아니다. 일단 전진한다.

출판사에
투고하기 (2)

　출간계획서, 목차, 초고. 이 3가지는 투고하면서 필요한 기본 3가지라고
한다.

　출간계획서라니. 간호사라는 직업적 특성 탓이려나. 행정의 서류 작성에
너무나 취약한 나다. 행정 서류라고는 이력서와 근로계약서, 연차 신청서
와 사직서 작성뿐이던 나 아닌가. 더군다나 출간계획서에는 작가 프로필까
지 첨부해야 한단다. 작가로서는 이렇다 할 출간 이력도 없는 나는 다시 신
규의 마음으로 모든 것에 임해야 한다. 특별히 정해진 출간계획서의 양식
은 없다지만 꼭 필요한 내용은 있었다. (투고하실 예비 작가님들은 메모하
셔도 됩니다.)

　저자가 실제로 작성한 출간계획서의 내용은 다음과 같다.

출간계획서

1. 개요

▶ 제목(가제) : 다시 워킹맘이 된 간호사

▶ 기획 의도 : 경력 단절이던 여성이 재취업에 성공하여 다시 출근하는 일상의 모습을 따뜻한 마음으로 표현하였습니다. 떨어진 자신감을 끌어올리고, 자기 계발을 하면서 제2의 전성기를 살아가는 엄마를 응원하는 글입니다. 그리고 다시 출근하는 엄마와 함께 살아가는 가족들의 투닥거림 속에 쌓여가는 가족애를 담았습니다.

2. 저자 소개

▶ 이력 : ○○병원 근무 / ○○간호학원 강사 / 브런치스토리 작가

▶ 저술 동기 : 다시 출근하는 삶을 살던 중 브런치스토리 작가가 되었습니다. 저의 삶도 글이 될 수 있겠다는 생각에 브런치스토리에 매일 글을 발행하고 있습니다. 그리고 출간 작가가 버킷리스트입니다.

3. 독자 타깃

경력 단절 여성, 그중에서도 특히 장롱면허를 가진 간호사가 목표 독자층입니다. 전체 간호사의 50%가 넘는 수가 일을 쉬고 있습니다. 그들이 다시 세상 밖으로 나오도록 마중물의 역할을 하는 책이 되고 싶습니다.

4. 경쟁 도서와 차별화 포인트

▶ 경쟁 도서 : ① 경쟁 도서 A (0000년 출간)

　　　　　　② 경쟁 도서 B (0000년 출간)

▶ 차별화 포인트 : 기존의 간호사가 쓴 책들은 간호사 업무로 인한 발전 가능성과 업무의 노고에 대한 이야기가 대부분입니다. 하지만 본 책은 3교대 간호사 엄마가 다시 출근하면서 겪게 되는 일, 일과 가정을 양립하면서 생기는 에피소드, 자기 계발을 하는 과정을 담았습니다. 따뜻한 에세이로 간간이 웃음이 새어 나오는 이야기로 채워져 있습니다.

5. 집필 일정 및 준비 상황

▶ 완성도/진행 상황 : 초고 완성 단계입니다.

▶ 저작권 이슈 : 브런치스토리에도 글을 올렸지만 제가 쓴 글로 저작권에 문제없습니다.

6. 예상 마케팅

저자 측에서 브런치스토리, 인스타그램으로 홍보 가능합니다.

7. 기타 사항

▶ 연락처 : 010-0000-0000

▶ 이메일 : junsunja@naver.com

▶ 브런치스토리 brunch.co.kr/@268804dbf57b426

▶ 인스타그램 79sogonsogon

특히 7번의 저자 연락처는 반드시 확인, 또 확인해야 한다. 출판사에서 연락이 올 때 가장 중요한 부분이기에. (출간 계약은 대개 이메일로 연락이 오더라고요.)

두 번째로 준비할 서류는 목차다. 책을 볼 때 제목과 표지를 봤으면 바로 목차를 꼼꼼히 보는 편이다. 목차를 보면 그 책의 내용과 흐름이 대강 읽혀서 책의 내용을 기대하게 된다. 이토록 목차가 중요하다. 특히 투고할 때 편집자들이 투고된 글을 전부 다 꼼꼼히 보리라는 기대를 하기 힘든 것이 현실이다. 투고 전, 여러 번의 퇴고 끝에 글의 흐름의 방향을 뒤바꾸기도 했다. 초고와 목차의 순서가 맞는지를 여러 번 확인해야 한다.

세 번째로 필요한 서류는 가장 중요한 초고다. 말이 초고이지 도대체가 몇 번을 본 것인가. 솔직히 최종본이라고 말하고 싶어질 지경이다. 하지만 겸손한 태도를 보이며 출판사에는 초고라고 말해본다. 기본적으로 초고는 한글파일의 기본 형식에 글자 크기는 10으로 바탕체가 기본이다. 글자 크기를 12 정도로 크고 시원하게 하고 싶지만, 출판계의 예의를 지켜야 한다.

이렇게 3가지의 서류를 준비하는데도 며칠이라는 시간이 걸렸다. 이제 투고를 하면 되나 싶은데 문제가 생겼다. 어디에 투고하지?
일단 서점에 가서 수많은 책을 확인한 후 직접 출판사 투고 메일 주소를 획득하는 것이 좋다는 말을 누누이 들었다. 하지만 최근 더욱더 바빠진 나는 일단 집에 있는 책 중에서 닮고 싶은 작가님의 책이 출판된 출판사에 먼저 투고하기로 결심했다. 일단은 두 곳이다.

한 곳은 슬초 브런치 작가 선배님이 출간하신 출판사다. 또 한 곳은 내가 좋아하는 스타 브런치 작가님의 출간 도서가 발행된 출판사다.

서류는 준비되었다. 오늘은 목요일이다. 결심을 좀 더 일찍 했더라면 좋았겠지만, 지금이라도 결심했으니 일단 두 곳에 이메일로 투고를 하기로 했다. 아무래도 요일이 신경이 쓰이지만 금요일 오후에 보내는 것보다는 낫겠다는 심정이다. 정말 한참의 고민 끝에 투고를 위한 이메일은 발송되었다. 이제 남은 것은 답변뿐이다. 화살을 당겼으니 이제 결과를 기다리기만 하면 된다.

너무 긴장한 탓인지 갑자기 피곤함이 몰려온다. 낮잠을 좀 자볼까 하는데 떨려서 잠을 못 자겠다. 결과는 둘 뿐이다. 출간 제안 또는 거절. 둘 중 하나다. 물론 생초보 작가에게 바로 출간 제안을 할 눈 밝은 편집자가 바로 나타나면 좋겠지만. 너무 신경을 쓴 탓 인지 거울 속 내 모습은 내가 봐도 약간 핼쑥하니 한 달은 더 늙은 기분이다. 이제 남은 것은 기다림뿐이다.

동화책을 보면 어여쁜 소녀가 달님을 보면서 소원을 비는 장면이 나온다. 비록 몸은 마흔다섯의 나이이지만 마음만은 청춘이니 눈을 지그시 감고 다소곳이 손을 모아 본다. 달님~ 제발 눈 밝은 출판사 관계자분에게 책 출간의 연락이 오게 해주세요~

간절히 소원을 빌면 이루어지려나. 단지 두 곳만을 투고한 나는 정성이 부족한 것이려나. 이런저런 복잡한 마음을 접어두기로 하고 낮잠에 들려고 베개에 머리를 눕혀본다. 살아생전 처음 해보는 것은 가슴을 두근거리게 하는 공통점이 있다. 마치 사랑하는 사람과의 첫 키스 직전 같은 심정이다.

누구 하나 시키지 않은 일이다. 누가 나보고 매일 글을 쓰라고 강요하지도 않았다. 글 쓰느라 눈이 아프고 목이 뻐근하고 어깨가 결리고 있다. 아이들이 하교한 한가로운 평일 오후다. 나의 글쓰기 작가 과정을 모조리 다 알고 있는 1호와 2호에게 투고 사실을 실토했다. 아이들에게는 엄청난 오지라퍼인 나는 굳이 어떻게 투고했는지 발송 메일까지 보여주면서. 어라? 벌써 답변 메일이 도착했다.

출판사에
투고하기 (3)

"출판사는 내 글을 읽기는 할까?"

투고 이메일을 보내면서 궁금했던 부분이다. 벌써 투고 메일을 읽은 출판사가 있다는 사실에 놀랍기만 했다. 무려 발송한 지 3시간 만에 답장이 왔다는 사실에 더욱 흥분을 감추지 못했다. 이 출판사는 브런치 선배 작가님이 출간하신 A 출판사로 나에게 너무 적극적이었다.

처음 장문의 답변 메일이 도착했을 때 너무 감격스러운 내용에 감동했다. 투고 글을 읽어보고 가치 있는 내용이었다는 칭찬과 함께. 원고에서 수정해야 할 부분과 목차의 배열, 마케팅에 관한 내용을 아주 꼼꼼히 설명하면서 전반적으로 글에 대해 지지해 주신다는 점에 얼마나 든든했는지 모른다. 내 글의 잘못된 부분에 대한 지적과 함께.

기분 좋은 내용의 메일을 찬찬히 뜯어보았다. 그. 런. 데. 내 글이 이렇겐 많은 하자가 있다는 말인가? 내가 보기에는 너무 예쁜 글인데 말이다. 뭔가 찜찜한 체로 하루가 채워지는 기분이다.

다음 날이다. 출판사의 답변 메일을 받은 후 약간의 멘붕이 온 나는 초고를 다시 한번 찬찬히 뜯어보기 시작했다. 출판사 측의 말이 맞았다. 그렇게나 많이 확인했다. 내 글에는 무수히 많은 오타와 맞춤법 오류 그리고 1가지의 공통된 주제에서 벗어난 글들이 존재했다. 분명히 하나의 책으로 엮어지기에는 뭔가 엉성한 부분이 존재했다.

대대적으로 다시 한번 목차를 무너뜨렸다가 다시 세우기를 여러 번. 뭔가 느낌이 어제와는 다르다. 초고도 다 뒤집어엎어 버렸다.

뭔가 아쉬운 토요일이다. 다시 노트북을 집어 들었다. 저자는 글만 잘 쓰면 되는 줄 알았다. 출판사에 투고하여 계약하면 예쁜 책이 뚝딱하고 나오는 줄 알았다. 그게 아니었다니. 더구나 나는 유명 작가가 아니지 않나. 현실의 벽을 제대로 실감하는 순간이다.

또, 책이란 지식을 주고 사람의 마음을 움직이게 하는 수단이 되는 유용한 인류만의 유산이라고 생각했던 나다. 하지만 출판사의 입장에서는 팔릴 책인지 아닌지에 대한 상품의 의미까지 함께 고려했다. 당연하다. 나는 유명한 구석이라고는 눈을 씻고 코를 씻고 찾아보아도 찾을 수 없는 평범한 민간인이다. 이런 생초짜인 신규 작가의 무엇을 믿고 책을 내줄 수 있으려나.

수많은 인터넷을 검색해 보면 작가는 출판하기 직전까지 출판사의 편집자와 계속해서 이견을 조율하는 글을 볼 수 있었다. 아마도 내일 출판사에서 연락이 올 것 같다. 아마도 이것저것 하자는 연락이 오겠지.

출판계약서를 다시 한번 꼼꼼히 읽어보았다. 출판계약은 5년이 기본인가 보다. 중간에 바꾸기 힘드니 아주 신중한 선택이 중요하겠다. 오늘 A 출판사의 출판권 설정 계약서에 사인했다. 이제부터 본격적으로 책을 다듬는 끝없는 퇴고를 할 계획이다. 뭐든 선택과 집중이 중요하겠다.

책은 저절로
만들어지지 않는다

출판사에서 연락이 왔을 때 믿기지 않았다. 이메일 속에는 내 글을 출판할 가치가 있다는 칭찬도 있었다. 그와 함께 자신들과 같이 하고 싶다는 말까지. 그리고 내 글에 대한 조언도 거침없이 쏟아내었다. 엉성한 문장구조와 조금 더 자연스러운 표현의 예시, 좀 더 이목을 끌 제목의 추천까지. 몇 번이나 이메일을 다시 읽었다.

무척이나 자세한 피드백이었다. 투고한 원고에 대해 이렇게나 관심을 보여주는 출판사가 정말 고마웠다. 지금껏 꾸준히 글을 써왔다. 매일 글 쓰는 것이 힘든 날도 있었다. 더욱이 누가 쓰라고 한 적도 없다. 강제성 없는 글쓰기였기에 꾸준히 한다는 것이 가장 힘들었다.

노트북 화면에 적힌 출판사의 제안 메일을 다시 보고 인쇄했다. 솔직히 믿어지지 않는 일이다. 내가 뭔가를 했기에 무슨 일이 생긴 것이다. 인생 살면서 작성해 본 계약서라고는 집문서와 근로계약서의 작성뿐이다. '출

'판권 설정 계약서'라니 이게 웬 말인가. 세상이 달라지는 듯한 순간이었다. 이제 계약서만 쓰면 내 책은 금세 만들어지겠다는 생각이 들었다.

살아보지 않은 인생은 항상 고난과 역경이 있는 법인가 보다. 나는 작가이고 원고를 제출했다. 그러니 출판사의 편집자가 내 글을 보기 좋게 편집해서 예쁜 책으로 뚝딱 만들어 주리라 생각한 것은 오산이었다. 그건 순진한 착각이었다.

지방에 살고 있는 나는 굳이 서울에 있는 출판사까지 갈 필요는 없다. 대부분 이메일과 전화, 카톡으로 모든 연락이 가능한 스마트한 현대 사회에 살고 있는 우리다. 비대면으로 이루어진 관계지만 오히려 더 만족스러웠다. 6년째 초보 운전 딱지를 떼지 못하고 있는 나다. 거북이인 내가 무슨 일이 있을 때마다 서울에 다녀와야 한다면 금세 지칠 것이 뻔하다.

드라마에서나 보던 장면이다. 노트북 자판을 두드리는 작가와 마감 날짜를 재촉하는 편집자의 모습을 말이다. 그 비슷한 상황이 나에게도 이루어지고 있다. 계약서 작성도 끝났다. 이제부터 나는 편집자와 의견을 주고받기 시작했다. 나의 위치는 작가다. 엄마도 간호사도 아닌 작가로 인정받는 순간이다.

혹시나 무서운 사람이면 어쩌나 하는 걱정도 들었지만, 따뜻한 품성의 편집자분을 접할 수 있었다. 편집자와는 이메일로 주로 긴 글을 주고받았다.

"이 원고는 가능성이 있습니다. 하지만 더 다듬어야 합니다."

그 말에 고개를 끄덕였지만, 속으로는 적잖이 흔들렸다. 이미 완성된 원고라 생각했기 때문이다. 매일 공들여 쓴 글이고 더군다나 투고하기 전에 여러 번 나름 퇴고까지 한 글이다. 출판사의 눈에는 여전히 부족해 보였나 보다.

길고도 긴 퇴고의 시간이 시작되었다. 원고의 구성이 조금 더 뾰족했으면 좋겠다는 출판사의 의견에 전체 원고의 목차를 다시 세우는 작업을 여러 번 했다. 이건 원고 자체를 뒤집어엎는 것이다. 이런 과정을 여러 번. 목차를 다시 세우고 추가 원고를 제출했다. 스스로 작아지는 기분이 드는 것은 기분 탓이려나. 분명 완벽한 원고를 제출했다고 생각했다. 그런데 출판사의 말이 맞았다. 다시 목차를 세우니 좀 더 깔끔한 구성이 되었다.

이제 제목과 부제 차례. 제목과 부제 리스트를 작성해달라고 한다. 아~ 이거 출판사에서 알아서 해주는 거 아니었어? 아니었다.

글쓰기 책에서 읽었다. 제목이 아주 중요하다는 것을. 일단 읽히는 책이 되려면 사람들의 이목을 끌어야 한다. 그만큼 임팩트 있는 제목이 중요하다. 고민과 함께 시간은 흘러간다.

본문 수정은 계속해서 이루어졌다. 단어 하나, 문장 하나를 다시 고쳤다.

끊임없는 퇴고로 정말 눈이 빠지고 토가 나올 지경이다. 이젠 입맛까지 없다.

퇴근 후 아이들을 재우고 피곤한 몸을 이끌고 원고를 다시 열어야 했다. 수십 번 원고를 고치며 스스로에게 물었다.

"나 정말 책을 낼 수 있을까?"

이제는 계약서에 서명했다는 사실이 무섭게만 느껴졌다. 출간 날짜는 점점 다가오는데 고쳐야 할 원고는 계속 쌓이는 기분이다. 마치 길거리를 청소하는데 우수수 나뭇잎이 계속 떨어지는 기분이랄까. 그렇다고 여기서 멈출 수는 없다. 나는 책임감 있는 사람이다. 여기까지 왔는데 멈출 수는 없다.

표지까지 결정되었고 이제 모든 결정은 끝이 났다. 퇴고는 무척이나 고된 작업이다. 웬만해서는 일에 불평하는 횟수가 적은 나다. 묵묵히 해야 할 일을 하고 있다. 하지만 출근과 퇴고를 동시에 진행하는 것이 버겁기는 했다. 아껴두었던 휴가를 모조리 써버릴 만큼.

책 만들기의 마지막 최종본 파일을 봤을 때 만족감에 눈물이 날 지경이었다. 나는 좀 더 겸손해야 했다. 투고 당시의 초고와 지금 완성된 원고. 둘은 확실히 다르다. 처음의 원고는 표현이 거칠고 투박하다면, 계속되는 퇴고로 완성된 최종 원고는 글이 매끄럽고 술술 읽힌다. 이번 퇴고의 과정에서 중요한 사실을 확실히 배웠다. 글은 다듬을수록 깊어진다는 것을. 그리고 작가란 결국 끝까지 포기하지 않고 고쳐 쓰는 사람이라는 것을.

3교대 간호사,
밤에는 작가

책을 준비하는 동안 2가지 역할을 동시에 하며 하루를 살아갔다. 낮과 밤, 새벽에는 병원에서 환자를 돌보는 간호사였고 밤에는 작가로서 글을 쓰는 시간을 가졌다. 물론 아이들을 돌보는 엄마로서 해야 할 역할은 기본 옵션이다.

간호사로서의 하루는 언제나 빠르게 흘러간다. 출근 준비를 마치고 병원에 도착하면, 환자들의 상태를 확인하고, 치료와 간호를 진행하며 하루를 보낸다. 정신없이 하루와 싸우고 나면 금세 몸과 마음은 지치기 마련이다. 여전히 3교대 근무로 인해 낮과 밤이 바뀌는 삶을 살고 있다. 2가지 일을 병행하는 것은 결코 쉬운 일이 아니다.

늦은 밤 아이들이 잠든 저녁, 거실의 노트북 앞에 엉덩이를 앉혔다. 글 쓰는 시간은 낮 동안 쌓인 생각과 감정을 정리하는 시간이었다. 하지만 퇴고는 글쓰기의 그것과는 사뭇 달랐다.

글은, 특히 책으로 써진 글은 누군가에게 읽기 위함이다. 사적인 글이기도 하지만 공적인 글이 분명하다. 전체적인 목차 수정은 끝났다. 이제 전체 원고의 수정이 들어갈 시점이다.

처음 글을 썼을 때는 내가 쓰고 싶은 대로 줄줄 써 내려갔다. 하지만 이제는 관점을 달리 해야 한다. 쓰는 사람의 시선이 아니다. 읽는 사람의 시선에서 글을 다시 바라봐야만 한다.

어떤 읽는 사람을 기준으로 할 것인가? 읽는 사람의 초점은 비슷하다. 대부분의 글쓰기 책에서는 보통의 중학생이 읽고서 이해할 만한 글이 적당하다고 한다. 요즘은 문해력이 더 떨어지는 현대 사회이다. 내 책의 경쟁상대는 다른 책이라고 생각했다. 하지만 내 책의 경쟁 상대는 인스타와 SNS다. 요즘은 유튜브의 쇼츠와 틱톡도 경쟁 상대다. 쉽고 편한 것이 익숙한 시대에 어려운 글은 외면받는다. 읽히지 않는 책은 책의 기능을 할 수 없다. 최대한 읽기 쉽고 이해하기 쉬운 글로 접근해야 한다. 전하고 싶은 내용은 그대로 실으면서 쉽게 읽힐 수 있는 표현으로 모조리 바꿔버린다. 이 작업에는 시간이 엄청나게 많이 걸린다는 함정이 있다. 무려 책 한 권 분량의 원고다. 전체의 글을 대대적으로 손봐야 하는 거다.

작가로서 첫 책의 퇴고를 하면서 충격적인 사실을 알았다. 나는 성인이다. 더군다나 글을 쓰는 작가다. 이런 내가 한글의 맞춤법을 완벽하게 숙지하지 못했다는 사실에 너무 큰 실망을 했다.

"나 한국 사람 맞아?"

작가는 글을 잘 쓰는 것도 중요하다. 그리고 기본적인 문법 공부도 필요함을 새삼 느꼈다. 늦은 나이에 다시 공부라니. 정말 공부는 평생 하는 것인가 보다.

한 문장, 한 문장을 다듬을 때마다 마음이 조금씩 가벼워지고 있다. 2가지 역할을 하며 살아가는 경험은 쉽지 않다. 하지만 그 과정에서 나는 나 자신과 깊이 연결될 수 있었다. 글쓰기 덕분에 하루의 피로를 넘어 삶의 의미와 자신감을 발견할 수 있다. 낮과 밤, 두 세계를 오가며 작가로서, 그리고 간호사로서, 그리고 나로 성장하고 있다.

첫 열매를
맺다

2025년 5월 드디어 첫 책이 나왔다. 첫 열매를 맺었다. 드디어 꾸준한 글쓰기가 한 권의 책으로 묶어지는 순간이 내게도 찾아왔다. 그로 인한 성취감과 뿌듯함은 뭐라 말할 수 없는 가슴 벅참으로 다가왔다. 뭐든 꾸준히 노력하면 언젠가는 이루어지는 건가 보다.

진짜로 첫 책이 나왔습니다

오랜만에 인사드립니다. 소곤소곤 작가가 다시 돌아왔습니다.

그동안 기다려 주셨을(그러리라 믿겠습니다ㅆㅆ) 브런치 가족들의 성원과 응원에 힘입어 무사히 출간에 성공했습니다. 그간의 투고 과정을 너무 솔직하게 썼나 걱정할 정도였는데요. 투고를 마치고 그다음은 어떻게 되었는지 궁금하실 것 같아서 간략히 지나온 이야기를 꺼내볼까 합니다.

계약서라고는 근로계약서와 부동산에서의 계약서 말고는 딱히 써

본 적이 없는 저였어요. 물론 저작권은 저자가 가지는 거고, 출판에 관한 권한을 출판사가 가지는 거더라고요. 5년의 계약을 했어요. 요즘은 온라인 시스템이 잘 되어 있어서 지방에 살고 있는 제가 굳이 서울까지 가지 않아도 되었어요.

혹시라도 궁금하실 한 분의 독자가 계실 수도 있으니 책을 한 권 내 본 소감을 써 내려가 볼게요. 책을 내는 과정은 글을 쓰는 과정과는 매우 달랐어요. 글은 내가 쓰고 싶은 방향으로 흘러가듯이 써 내려갔는데요. 책은 하나의 주제와 걸맞은 내용으로 최소한 40꼭지 정도가 준비되었을 때 비로소 책으로 만들어질 재료가 되는 거였어요.

1 막막했던 것은 책의 제목을 정하는 것부터였어요. 저자는 원고를 출판사에 획 던져주면 출판사에서 먹음직스러운 책으로 띵 하고 만들어 주는 줄 알았던 것이 저의 착각이었답니다. 책 만들기는 저자와 출판사가 같이 하는 협업이었네요. 몇 개의 제목과 부제목의 리스트를 뽑았고, 출판사도 같이 고심했어요.

투고하기 전 이미 도서관에서 서른 권 정도 책 쓰기와 글쓰기에 대해서 많이 읽어봤는데요. 책은 제목이 정말 중요하다고 해요. 사실 미리 정해둔 제목이 있었어요. 하지만 제목만으로 대강의 내용이 짐작되는 책의 제목이 좋다는 출판사의 의견에 동의했네요.

2 표지와 관련해서는 출판사에서 너무 예쁘게 뽑아주셔서 감사할

따름입니다. 일러스트 스타일을 원했어요. 그리고 간호사라는 직업의 특성상 청진기와 체온계는 괜찮지만 무서울 수 있으니 주사기 그림은 없었으면 좋겠다고 했어요. 네 개의 시안 제시가 있었고, 그중 하나를 택했습니다.

3 목차를 다시 세웠어요. 이미 꼭지별로 정리를 했지만, 아직 초보인 저는 서툴렀지요. 독자의 관점에서 좀 더 읽기 편한 방향으로 정리했네요.

4 본문에 대해서는 나름대로 자신 있었는데요. 편집자님의 수정이 요구되었어요. 굉장히 세세히 수정할 부분을 이야기해 주시는데요. 제가 한국 사람이 맞나 싶었습니다. 문법상 오류가 있고, 맞춤법이 틀린 말이 너무 많아서 놀랐답니다. 무려 맞춤법 검사를 했는데도 말이지요. 퇴고는 하면 할수록 글이 좋아진다는 말이 진짜더라고요. 처음 출판사에 제출한 초고보다 책으로 출판된 글이 (물론 아직도 부족하지만요) 훨씬 완성도가 높았답니다. 끊임없는 퇴고로 나중에는 글이 제대로 안 보일 지경이었어요. 같은 것을 계속 보면 나중에는 글이 잘 안 보이더라고요. 그리고 전체적으로 문장의 서열을 고르게 수정하여 통일성을 갖추었네요.

5 출간 일정은 생각보다 빨리 다가왔어요. 일상의 근무를 소화하면서 출간 준비를 하는 것은 체력 관리가 관건이었습니다. 출간을 준

비하시는 작가님들은 체력 관리를 미리 하시는 것이 정말 중요할 것 같아요. 저는 인쇄가 들어간다는 말을 듣고는 긴장이 풀렸는지 얼마간 번아웃이 온 사람 같았어요. 출간 이후 바로 매일 글쓰기를 시도하려 했지만, 과감히 브런치 재정리하며 쉬어가는 시간을 가졌답니다.

6 책 홍보는 출판사에서도 인스타그램을 비롯하여 진행하지만, 초보 작가에 대한 파격적인 지원을 기대하기는 힘들어요. 지인들에게 홍보하고 그동안 관리했던 인스타그램과 브런치에도 홍보했네요. 가입했던 온라인 카페에도 홍보했고, 도서관에도 희망 도서 신청을 했답니다.

진짜로 출간 작가가 되니 좋은 점이 있더라고요. 그중 하나는 브런치스토리의 작가 소개에 책의 표지가 실린다는 거고요. 브런치 북에 표지로 책 표지 자체를 쓸 수 있다는 거였어요. 오직 출간 작가에게만 허락되는 특혜인 것 같아요. 브런치스토리라는 무대는 많은 기회의 장이라는 사실이 분명해졌습니다. 계속해서 쓰는 삶을 살아가다 보면 언젠가는 꿈을 이룰 날이 다가오리라 확신합니다.

남편에게 물었습니다.
"나 책 또 써도 돼?"
"좀 쉬었다가 써."

이 말에 잠 못 이루었습니다. 쓰긴 쓰는데 좀 쉬었다가 쓰라는 허락이었지요. 물론 쓰지 말라고 해도 썼겠지만 말이지요.

반갑습니다.
계속해서 쓰는 삶을 살고 싶은 소곤소곤이었습니다.

이런 글은 나도 쓰겠네

"글은 아무나 쓰나. 이런 글은 나도 쓰겠네."

나의 지인 중에 나에게 직접적으로 이런 말을 하는 사람은 없다. 이런 생각을 하는 사람은 있으려나? 제발 있었으면 좋겠다. 이런 말을 하는 사람은 읽은 글에 대해 많은 공감을 한다는 거니까. 사람마다 기준이 다르겠지만 내가 생각하는 좋은 글과 좋은 책의 기준이 있다.

1 중학생도 이해할 수 있는 쉬운 문장의 글이다.

두세 번을 읽고 곰곰이 생각해야 겨우 이해되는 글이 아니라 한 번에 주욱 읽어 내려가는데 이해되는 쉬운 글을 선호한다. (그래서 내가 어려운 글을 잘 못 읽는 것일 수 있다.^^)

2 솔직한 글이다.

물론 가끔이기는 하지만 너무 솔직한 글을 보면 나 또한 당황하기도 한다. 에세이의 경우는 신문이 아니므로 완전한 사실을 순도 100%로 녹여낼 필요는 없다. 하지만 대부분은 솔직하게 나를 드러내었을 때 사람들로부터 공감을 얻을 수 있다. 이 부분이 아주 중요하다고 생각된다.

3 웃음이 한 스푼 첨가된 글이 좋다.

개인적으로는 한 꼭지의 글을 보았을 때 말미에 살짝 미소가 지어지는 글을 선호한다. 빵 터지도록 웃는 글이었다면 너무 좋겠지만 어디 글이 그러기가 쉽겠나. 그저 글을 읽는 마지막에 살짝 미소가 지워지는 글이라면 계속 읽고 싶다는 생각이 절로 들 것이다.

이쯤에서 처음으로 출간을 한 초보 작가의 출간 후기를 조심스럽게 말하려 한다. 아직 뭣도 모르는 작가가 하는 말이니 가볍게 들어주시기를.

처음 출간한 책은 개인적으로 만족도가 높다. 내가 생각하는 좋은 글의 요소가 많이 들어갔기 때문이다. 아주 쉬운 단어로 이해도를 높였고, 너무 긴 문장은 짧은 문장으로 수정했다. 거짓 없이 솔직한 문장이었고, 많은 꼭지의 말미에 웃음 포인트를 심어두었다.

출간하기까지의 작업 중 가장 어려웠던 작업은 내가 독자의 입장이 되는 것이었다. 나는 나의 글에 대해 가장 잘 아는 사람이다. 하지만 나에 대해서 잘 알지 못하는 독자의 경우라면 경우가 다르다.

독자의 관점에서 가장 읽기 쉬운 상태의 글을 만들기 위해서 글을 요리하기 시작했다. 퇴고하고 수정하고 고치고 다듬고 생략하고 바꾸기를 여러 번. 신기한 일이 생겼다. 인쇄하기 직전의 수정된 원고 파일을 출판사에 보내기 전이다. 출판사에 투고할 당시의 초고를 봤는데 정말이지 형편없었다. 퇴고를 계속하면 글이 좋아진다더니 진짜였다. 이렇게 정성을 들인 책이 드디어 세상에 나왔다. 이 책을 세상에 내놓으면서 가장 많이 읽어본 사람은 나라는 상황은 아이러니하지만 기쁘다. 계속 쓰는 삶을 살고 싶다.

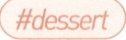

한눈에 보는
투고 이야기

1. 투고 준비물

자, 이제 투고를 할 계획이라면 3가지의 서류를 준비해야 한다. 이력서처럼 정형화된 양식은 없지만 기본적으로 포함되어야 할 내용은 있다.

① 출간계획서

출간계획서에 포함되어야 할 내용은 다음과 같다.

> 1. 개요 (제목과 기획 의도)
> 2. 저자 소개
> 3. 독자 타깃
> 4. 경쟁 도서와 차별화 포인트
> 5. 집필 일정 및 준비 상황
> 6. 예상 마케팅
> 7. 기타 사항 (연락처, 이메일, 브런치스토리 주소, 인스타그램 주소)

특히 7번의 저자 연락처는 반드시 확인, 또 확인해야 한다. 출판사에서 연락이 올 때 가장 중요한 부분이다.

② 목차

목차를 보면 그 책의 내용과 흐름이 대강 읽혀서 책의 내용을 기대하게 된다. 이토록 목차가 중요하다. 초고와 목차의 순서가 맞는지 여러 번 확인해야 한다.

③ 초고

기본적으로 초고는 한글파일의 기본 형식에 글자 크기는 10으로 바탕체가 기본이다. 원고의 글씨 크기를 크게 하고 싶고, 줄 간격을 늘리고 싶지만 기본 설정값으로 하는 것이 출판계의 예의라고 한다.

2. 출판사 선택하는 법

온라인이나 오프라인 서점에서 수많은 책을 확인한 후 직접 출판사 투고 메일 주소를 획득하는 것이 가장 좋다고 한다. 우리나라에는 수많은 출판사가 존재하고 전문 출판사도 다수이다. 내가 출간하고자 하는 분야의 도서를 발행하는 출판사를 찾아야 한다. 만약 성인을 대상으로 하는 에세이를 출간하고 싶은데 아동 동화책을 전문으로 발행하는 출판사에 투고하면 안 된다. 평소에 책을 볼 때 좋아하는 출판사의 투고 메일 주소를 메모해 두면 나중에 투고할 때 많은 도움이 된다. 딱 한 번의 투고로 출간까지 이어지면 너무 좋겠지만 신규 작가에게 출간의 문은 매우 좁아서 여러 출판사의 메일 주소를 확보해 두는 것이 좋다. 투고할 때 출판사마다 좋아하는 책의 성향이 다르다는 사실을 반드시 알아야 한다.

3. 투고 이후의 출판 절차

출판사에서 출간 결정이 되면 작가와 '출판권 설정 계약서' 작성을 한다. 보통의 경우 5년 계약이 흔하다고 한다. 우리가 근로계약서를 작성 후 근무를 시작하는 것처럼, 계약서에 서명 후 출간 작업이 시작된다. 그리고 출판사의 편집자와 계속되는 퇴고가 진행된다. 책은 그냥 만들어지는 것이 아니다. 저자, 출판사 편집팀, 책 디자이너 팀, 인쇄팀, 마케팅팀, 책 배송팀과 수많은 사람들의 도움으로 책 한 권이 만들어진다. 이 모든 과정의 기본에는 글쓰기가 있다. 글쓰기는 이 모든 것을 이루어 내는 아주 멋진 일이다.

또다시
투고하기

　괜한 자신감만 풍만하다. 근거 없는 자신감이다. 뭐 꼭 근거가 있어야 하는 것도 아니다. 2025년 5월 첫 책을 출간했다. 겉으로 보기에는 아무런 변화가 없다. 브런치 작가에서 출간 작가로 탈바꿈했다. 어찌어찌하여 책을 한 권 세상에 내어놓았단 말이다. 뭐든 처음이 무섭고 두려운 법이다.

　처음 출판사에 투고할 당시에는 나 같은 사람이 투고해도 괜찮은 건지, 내가 세상을 향해 글을 쏟아내어도 되는지에 대한 생각이 머릿속에 가득했다. 간절함과 두려움을 안고 진행된 출간이었다. 이미 출간한 작가님들의 말은 대부분 사실이었다. 책 한 권을 냈다고 해서 인생이 확 달라지는 것은 없다는 말과 잘 팔리지 않는 책에 대한 고민을 나 역시 안고 있다. 그래도 불혹이 넘은 적지 않은 나이에 지금껏 간직했던 꿈을 펼쳤다. 그에 따른 만족감은 하늘을 찌르고도 남을 것 같다. 뭐든 해봐야 한다. 생각만 해서는 이루어지는 것이 없다.

뭐든 두 번째는 수월한가 보다. 이미 글쓰기가 내 삶의 한편에 자리 잡았다. 우여곡절 끝에 책 한 권을 출간하였고 큰 기쁨을 얻을 수 있었다. 흡사 아이를 출산한 엄마의 마음과 많이 다르지 않을 것 같다. 작가로서 글을 쓰는 기간을 임신 기간이라고 해보자. 임신 초기에는 입덧하느라 힘들다. 뭘 잘 먹지도 못하는 날도 있듯이 글이 잘 안 써지는 날도 있고 썩 괜찮지 않은 글만 나오는 때도 있다. 몸은 점점 무거워져서 허리에 손을 얹어야만 무게 중심을 잡을 수 있는 때가 온다. 글쓰기는 어느 정도 성숙하여 가는데도 자기 확신이 적어 자신감이 필요한 순간도 찾아온다. 이제 분만이 가까워지려고 하면 고비가 찾아온다. 출판사와 계약 후 출간을 위한 끊임없는 퇴고에 토가 나올 지경이다. 이 모든 과정을 거쳐서 책 한 권이 나온다. 쉽지 않은 과정임이 분명하다.

나이를 먹을수록 현명해져야 하는데 예전의 내 모습이 다시 반복되는 데 자뷔를 보는 것 같다. 첫아이를 낳고 금세 사랑에 빠졌다. 이렇게 예쁜 아이를 내가 낳았다니. 나 자신이 너무 기특하고 대견했다. 분만 회복 후 아직 퇴원도 안 했을 때이다. 처음 병실에서 아이를 품에 안았을 때 남편에게 말했다.

"우리 둘째도 낳자."

불과 몇 시간 전의 일을 완전히 까먹은 나다. 하늘이 샛노래진다는 것을 말로만 듣던 나다. 그것을 경험하는지 채 하루가 지나지 않았다. 불과 몇 시간이 지나지 않았는데 그새 까먹었다. 이렇게 예쁜 아이가 1명 더 있다면 더 행복할 것 같은 기분이라니. 잠깐 작가의 벽을 경험하고 다시 글을 쓰고 있는 나다. 내가 경험한 출간이라는 이 짜릿한 기분을 많은 사람들이 간접적으로나마 겪어봤으면 좋겠다는 생각에 또다시 노트북을 열고 있다. 어느 정도 초고가 완성되었다 생각된다.

인생 살면서 느낀다. 뭐든 처음이 어렵지 두 번째는 수월하다는 것을 말이다. 출간계획서의 작성은 휘리릭 완성되었다. 자~ 이제 투고하는 거다. 또 겁도 없이 출판사에 투고 메일을 보내고 있다. 토할 것 같다는 퇴고의 힘듦은 생각나지 않는다. 사실 둘째를 임신했을 때도 그랬다. 둘째의 분만이 임박했을 때 그제야 분만의 고통이 생각났다. 하지만 이미 늦은 것을. 나는 또 같은 선택을 하고 있다. 퇴고의 고통이 너무 힘들더라도 또 예쁜 아이를 만나고 싶은 것처럼 두 번째 책을 만나고 싶다. 투고를 시작했다. 두 번째 책을 만나고 싶다.

수많은 출판사에 투고 메일을 보낸 지 한 달이 지나고 있다. 투고 첫날부터 거절 메일과 검토 중이라는 응답의 메일이 도착하고 있다. 계속해서 거절 메일이 쌓일수록 마음은 점점 작아지고 글을 쓰는 손끝도 무거워진다.

'내 글이 왜 이렇게 통하지 않을까?'

'나는 정말 부족한 걸까?'

자신을 의심하는 생각이 커다란 파도처럼 밀려와 부딪힌다. 어느새 마음은 맥반석 위에 올려진 오징어의 몸뚱이처럼 자꾸만 안으로, 안으로 말려 들어 가고 있다.

언제까지 기다려야 하는 걸까? 성격 급한 나는 하루에도 여러 번 이메일을 확인하고 있다.

잠시 눈을 감고 지금까지 걸어온 길을 돌아본다. 브런치에 첫 글을 올리던 날의 설렘, 한 줄 댓글에 느꼈던 작은 기쁨, 스스로 만족하며 완성했다고 느꼈던 순간들. 그 모든 작은 경험들이 이미 나의 글과 마음을 단단하게 만들어 주었다.

출판사의 거절은 내 글의 가치를 재는 잣대는 아니다. 그저 그 출판사와 내 글이 맞지 않았던 선택일 뿐이다. 세상이 내 글을 아직 맞는 곳에 두지 않았을 뿐이다. 내 글이 아름답지 않거나 내가 부족하다는 뜻은 아니다. 그렇다고 믿고 싶다.

글은 씨앗과 같다. 바로 꽃을 피우지 않아도 흙 속에서 조용히 뿌리를 내리고 있다. 보이지 않는 곳에서 생명은 천천히 그러나 확실히 자라난다. 봄이 오기 전 땅속에서 작은 싹들이 움틀 준비를 하고 있듯, 내 글도 지금 이 순간 보이지 않는 곳에서 조금씩 성장하고 있다. 오늘 느낀 아픔과 실망을 억지로 밀어내지 않아도 된다. 슬픔도 좌절도 두려움도 그대로 안고 있어도 된다. 그 모든 감정은 글을 더욱 깊고 풍부하게 만들 밑거름이 되어준다.

내일 다시 글 한 줄을 써봐야겠다. 꽃이 한 번에 피어나지 않듯, 작은 새 싹이 돋듯, 글도 마음도 천천히 그러나 분명히 자라날 것이다.

거절의 뒤편에도 봄은 있다. 얼마나 따뜻한 봄이 오려고 내 마음을 애간 장 타게 하는 건지. 조금만 더 기다려 봐야겠다. 오늘도 마음을 다스리며 글 하나를 남긴다.

(5장 열매 단계)

책이라는
열매를 맺다

시작하기에 늦은 건 없다. 그저 내일로 미루려는 나만 있을 뿐이다. 시작하기에 좋은 날은 이미 지나갔다. 하지만 다시 시작하기에 좋은 날은 오늘임이 분명하다. 굳이 달력이 새로 시작하는 1월 1일까지 기다릴 필요는 없다. 오늘이 딱 좋은 시작일이다. 인생을 살면서 안 된다고 생각하면 되는 일이 없다. 하지만 안 된다고 생각했더라도 된다고 말하고 다니면 될 수도 있는 법이다. 살면서 자신 있게 사는 것은 중요하다. 특히 뭔가를 시작할 때 자신을 믿어주는 것이 아주 중요하다.

독자와의 만남,
글이 전하는 힘

브런치에 글을 발행하는 것과 책을 출간하는 것은 차원이 다르다. 브런치라는 플랫폼에서는 글을 발행하는 당일, 즉각적으로 댓글과 라이킷으로 독자가 반응한다. 이미 글로 사람들과 소통하는 것이 가능하다는 것을 알고 있다.

첫 책을 출간한 후 내 책이 독자와 만나는 순간을 상상했다. 누가 내 글을 읽으며 어떤 감정을 느낄지, 어떤 생각을 할지 궁금했다. 그 궁금함은 어느덧 기대와 설렘으로 바뀌었다. 세상 밖에 나간 첫 책의 제목은 『나는 다시 출근하는 간호사 엄마입니다』이다. 책은 온라인 서점의 '한 줄 평/후기 작성'을 통해 소식을 전해왔다.

"다시 출근하기를 망설이는 엄마들에게 추천하고 싶은 책입니다."

"기막히게도 닮아서 더욱 공감하며 읽은 잔잔한 책입니다."

"이 시대를 반영하고 있는 위대한 워킹맘의 이야기입니다."

"사는 것이 다 비슷하더군요."

"누군가의 엄마이자 자신으로 살아가는 용기에서 큰 위로와 공감을 얻을 수 있었습니다."

"3교대 근무가 힘든 것을 알기에 더더욱 공감이 가더라고요."

"읽으면서 '나만 그런 게 아니구나' 싶더라고요."

책이 세상에 나온 후 독자들의 이야기가 들려올 때 특별하게 감동하였다. 이게 바로 소통이고 세상 사는 재미라는 것을 알아가면서 말이다. 출간 후 받은 메시지는 마음을 울리는 힘이 있었다.

글을 쓰는 동안 내 경험과 감정을 최대한 솔직하게 담아내려 노력했다. 내 글이 누군가의 마음에 닿아 그들의 삶에 작은 변화를 일으킬 수 있다니. 그것이 글쓰기의 진정한 힘이 아닐까.

독자들의 후기는 글쓰기를 이어가는 내게 큰 힘이 되었다. 독자가 내 글에 공감하고 나와 함께 감정을 나누다니. 글쓰기는 누군가에게 위로와 희망을 전할 수 있는 도구임을 절실히 깨달았다.

글 한 줄이 누군가의 마음을 움직이는 경험은 글을 쓰는 나 자신에게도 큰 용기와 동기부여가 되었다. 책을 손에 든 독자의 입가에 웃음꽃이 피었을 것을 상상한다. 내가 쓴 작은 글 한 줄이 누군가의 하루를 밝게 만들 수 있기를. 앞으로도 그 힘을 믿으며 계속 쓰고 싶다.

여전히 출근하고, 여전히 엄마이며, 여전히 작가다

출간한 후에도 나의 일상은 여전히 바쁘게 굴러가고 있다. 주변에 '작가님'이라고 불러주는 출판사 관계자 몇 분이 계실 뿐, 현실에서의 삶에 큰 변화는 없다. 서글프게도 책 한 권을 냈다고 해서 삶에 큰 변화는 없다는 말은 사실이었다.

여전히 3교대 근무를 하며 살아가고 있다. 병원에서 간호사로 시간이 뒤섞인 근무를 하고 있다. 여전히 사랑하는 아이들의 많은 것을 챙기는 엄마이다. 그리고 여전히 글을 쓰는 작가다.

규칙적이지 않은 3교대 근무지만 필사적으로 나를 위한 시간을 확보하고 있다. 그 속에서 글쓰기는 나만의 루틴이 되었다. 글쓰기는 하루하루를 의미 있게 살아가는 힘을 준다.

간호사 엄마의 역할이 내 삶의 중심이고 책임이다. 중간중간 끄적이는 삶을 살고 있다. 나는 누군가의 위로가 될 글을 쓸 수 있는 사람이다. 이 사실이 내가 엄마이자 작가라는 두 이름이 겹치는 하루를 버티게 한다. 간호사로 출근하고 살림하는 일상을 살아가는 나다. 동시에 작가라는 나도 살아가고 있다.

몇 달간 '작가의 벽'에 부딪혔다. 퇴고의 과정이 너무 힘들었고 과로를 한 탓이려나. 글쓰기 멘토인 작가 이은경 선생님이 하신 말씀이 생각나 너무 무서웠다. 첫 책을 낸 작가는 많다고 했다. 하지만 '첫 책만' 낸 작가도 많다고 한다. 첫 책의 퇴고가 너무 힘들어 절필하는 경우가 허다하다고 말이다. 결국 두 번째 책으로 진입하지 못하고 책 한 권만 낸 작가로 가라앉는단다. 이럴 수는 없다. 다시 한번 정신을 차려본다. 이제 정신적으로나 신체적으로 건강해졌다. 계속 글을 쓰며 살고 싶다.

아무 일도 하지 않았다면
일어나지 않았을 일들

브런치스토리 작가가 된 지 100일이 지난 나와 그 전의 나는 아주 다르다. 출간한 나와 그 전의 나 역시 또 다르다. 나는 계속 무언가를 했고, 그에 따른 변화가 있었다. 계속해서 시도하는 삶을 사는 것은 쉽지 않다. 하지만 살아있음을 느끼기에 지속할 수 있다. 나는 계속 무엇을 할 것이다.

아무 일도 하지 않으면 아무 일도 일어나지 않는다

'아무 일도 하지 않으면 아무 일도 일어나지 않는다.'

어디서 읽은 문구인지는 정확히 기억나지 않지만, 이 말은 정말 인생을 살면서 뼈 때리는 말임이 분명하다. 그 말이 정확하다. 난 무언가를 했다. 그래서 무슨 일이 생겼다. 아직은 출간한다거나 하는 이렇다 할 결실이 맺히지 않은 지금이다. 이런 이야기를 하는 것은 조금 성급할 수도 있지만 한 번쯤 이야기하고 싶다.

브런치스토리 작가가 된 지 100일이 넘었다. 브런치 작가가 되면 무슨 일이 마구마구 생겨서 인생이 확 달라질 줄 알았다. 100일 전과 후의 내 인생을 돌아보면 많이 달라졌을까? 드라마틱하게 달라졌다기보다는 미묘한 차이가 생겼다고 말하는 편이 더 정확하겠다.

나는 매일 글을 쓰는 작가로 구독자분을 소중하게 생각하고 있다. 그리고 동시에 많은 작가님들의 구독자이기도 하다. 매일 글을 쓰는 것이 어렵지만 내용이나 분량의 제한 없이 내가 느끼고 생각한 내용에 대해서 거침없이 늘어놓고 있다.

또, 매일 운동을 하고 있다. 계단 운동이 주를 이루었지만, 너무 추워진 요즘은 걷기 운동과 제자리 뛰기를 병행하고 있다. 어떤 종류의 것이 되었건 간에 매일 운동을 하고 있다. 체력이 되어야 뭐든 할 수 있다고 믿기에.

매일 하는 것에는 독서도 있다. 최소 하루에 30분 이상 독서를 하려고 한다. 아침 독서가 가장 효율적이지만 여의찮으면 점심, 저녁 어느 때라도 좋다. 뭔가를 배우기에 늦었을 때는 없다는 말처럼 마흔다섯이라는 나이는 시작하기에 딱 좋은 때라고 믿어본다.

100일 전의 나를 돌아본다. 그 당시의 나는 그저 3교대 근무하는 간호사였고 오프 때는 간호학원에서 강의하는 강사였다. 피곤함에 절어 퇴근 후 소파에 쓰러지기 일쑤였고, 나를 돌아볼 여유 따위는 없었다. 겨우겨우 하루를 살아가는 하루살이 같은 일상을 살아가는 워킹맘. 그렇게 일상에 끌려다니는 삶을 겨우 살아내고 있었다.

지금 나와의 차이점은 무얼까?

물론 여전히 일을 하고 있다. 생계니 어쩔 수 없다. 나의 삶이 달라짐을 느낀다. 이것이 가장 큰 변화일 것이다. 다시 출근하는 일상에 감사함을 느끼고 있다. 운동을 함으로써 체력이 늘어 피곤함을 덜 느낀다. 틈틈이 읽은 책의 영향으로 자존감이 상승하여 뭐든 할 수 있는 나를 믿고 있다. 브런치스토리에 매일 글 발행을 하고 있다. 덕분에 구독자님들의 라이킷과 사랑스러운 댓글 알림이 수시로 울려댄다. 이런 순간을 즐긴다. 별거 아닐 수 있지만 내가 뭔가를 했기에 알림이 울리는 것이다. 살아가는 시간 동안 틈틈이 빙그레 미소가 지어지는 일상을 살고 있다.

이 모든 모습의 변화는 내가 뭔가를 했음에 나타나는 결과다. 내 안의 나를 끌어냄으로써 인생의 방향이 바뀌는 기분이 든다. 평평하게만 흘러가는 인생의 방향이 살짝 위로 꺾이는 기분이랄까. 아주 미세하게 1도 정도 꺾어지는 것 같다. 비록 지금은 100일 전에 비해서 1도 정도 꺾어진 기분이다. 여기에 시간의 힘이 더해져 10년 정도의 시간이 더해진다면 분명 지금보다 더 나은 내가 되어 있을 것 같다. 로또에 당첨이 되고 싶으면 로또를 사라고 했다. 나는 출간 작가가 되고 싶다. 그러면 매일 글을 쓰면 되겠다. 소원만 빌지 말고 실행을 해라. 포기만 하지 마라. 한 번 해서 안 되면 다시 한번 더 도전하면 될 거다. 또한 번, 또 한 번. 될 때까지 해보는 거다. 아직 시간은 충분하다. 계속 뭔가를 하자.

자신을
과대평가하기

　인생을 살면서 안 된다고 생각하면 되는 일이 없다. 하지만 안 된다고 생각했더라도 된다고 말하고 다니면 될 수도 있는 법이다. 살면서 자신 있게 사는 것은 중요하다. 특히 뭔가를 시작할 때 자신을 믿어주는 것이 아주 중요하다.

　누군가에게 칭찬을 받으면 기분이 좋아진다. 일상을 살고 있는 어른인 우리는 하루에 칭찬받는 경우가 드물다. 잘 해내는 것이 너무나 당연한 세상을 살고 있으니. 그래서 나는 셀프 칭찬을 하기도 했다. 말로 칭찬을 하기 쑥스러우면 오른손을 머리 위로 들어 올린다. 그리고 살며시 뒤통수를 쓰다듬는다. 어릴 적 누군가 머리를 쓰다듬어 준 기억이 있을 것이다. 그때의 그 포근함과 비슷하다. 나에게 하는 칭찬은 인색할 필요가 없다. 마구마구 칭찬을 날리자. 돈 드는 것도 아닌데 말이다. 난 이렇게 없는 자신감을 끌어올린다.

글이라는 것이 희한하다. 말로 하기에 쑥스러운 것도 글로 쓸 때는 거침이 없어진다. 자신감을 갖자. 나 자신을 믿어보자. 아직도 의심스러운가? 그러면 믿는 척이라도 해보자.

일단 작가가 자신감이 가득하면 글에 활력이 넘친다. 그리고 많은 이들에게 긍정적이고 희망을 주는 글을 쓸 가능성이 높다. 그리고 계속 쓸 가능성이 높아진다. 나를 믿어보자.

글과 함께
커가는 꿈

1. 세 번째 직업을 갖고 싶다, 전업 작가

직업이란 단어의 뜻을 녹색 창에 물어보았다.

〈직업이란 생계를 유지하기 위하여 자기 적성과 능력에 따라 일정한 기간 동안 계속하여 종사하는 일이다. 〉

우리가 흔히 말하는 학생이나 주부는 엄밀한 잣대를 대자면 직업이 아니었던 거다. 생계를 위해 3교대 간호사와 간호 학원 강사를 하고 있다. 사람이 욕심이 생기면 한도 끝도 없다더니 쓰리잡을 하고 싶어진다. 급여가 높아지는 것은 물론 자존감 또한 높아지리라. 물론 피로감도 같이 상승한다는 사실 또한 알고 있다.

내가 되고 싶은 세 번째 직업은 바로 전업 작가다. 물론 출간 작가가 된 후에 생각할 일이기는 하다. 하지만 생각은 자유니까. 상상만으로도 설레는 순간이다. 이미 브런치스토리 작가임은 분명 하나 사전적 의미의 직업에는 못 미친다. 브런치에 연재해도, 조회수가 폭발해도, 나의 통장에 찍히는 금액은 제로이기에. 아직은.

남편과 연애하던 시절이었다. 정동진에 안 가본 나는 로망이 있었다. 드라마에 자주 나오던 저곳은 실제로 보면 더 낭만적이려나. 기차역에서 바라본 바다는 더 예쁠 것 같았다. 남편은 뚜벅이인 나를 데리고 정동진에 가기 전 한마디를 했다.

"그거 별거 없어. 그냥 바다야."

뿔이 난 나는 소리를 질렀다.

"가본 사람이나 그런 말을 하는 거야. 나도 한번 가보고 싶다고."

안 가본 곳에 대한 환상은 누구나 있을 것이다. 나 또한 그러하다. 이미 출간 작가이신 분들은 얘기하신다. 책을 내었는데 이리도 안 팔리는 현실의 쓰디쓴 맛에 대해서. 출간 작가가 되어도 인생이 바뀌지는 않는다고. 1년에 출간되는 책이 육만 오천 권이 넘는다고. 그래도 가고 싶은 길은 가봐야겠다. 가보고 나서, 내가 가보고서 무슨 말이든 하고 싶다. 또 모르지 않나. 가고 싶었던 길을 갔더니 너무 좋을 수도 있으니. 이 길이 내 길일 수도 있으니까.

오늘도 글을 한 편 쓰며 한 걸음 더 앞으로 나아가 본다. 오늘의 나는 비록 한 걸음 내딛는 거지만 이 또한 반복된다면 뭔가를 이룰지도 모르니까. 삶은 오래 살고 봐야 한다. 브런치 작가로 글을 매일 쓴 지 4개월이 다 되어간다. 이런 삶을 계속 살아간다면 앞으로 무슨 일이 생기기는 생길 것 같은데 그게 무엇일지 너무 궁금하다. 미래의 내 모습이 너무 궁금하다.

2. 소화제가 필요해

겨울 방학 중 오랜만에 아이들과 도서관에 갔다. 도서관에서 공부하면 집중이 더 잘 된다는 2호의 말에 냉큼 집에서 공부할 거리를 싸 들고 준비했다. 계속해서 바쁘던 중 오랜만에 받은 3일의 휴가다. 그중 이틀을 도서관에서 보내고 있다. 오랜만의 도서관 여행. 내가 다 설렌다. 나와 아이들의 공통점이 있었으니 우리는 커피숍을 좋아한다는 사실이다. 새로 지은 도서관 2층의 일부는 잡지와 신문을 보는 공간에 커피숍이 있다. 고로 도서관에 간다는 것은 커피숍도 간다는 거다. 물론 결제는 오롯이 내 몫이다.

나는 스마트한 엄마다. 도서관에 갈 때 바퀴 달린 카트를 준비한다. 이 카트는 순전히 도서관 전용으로 구매한 것이다. 책이 아무리 좋아도 그 무게감은 어깨 빠짐으로 이어질 수 있다. 도구를 사용할 줄 아는 나는 너무 현명하다.

혹시나 했는데 역시나 집이나 도서관이나 아이들의 집중력은 비슷했다. 나만 신이 났다. 이렇게 좋은 도서관을 방학의 끝 무렵에나 온 것을 너무나 후회할 만큼.

역시 세금 낼 맛 나는구나. 도서관 회원증 하나로 책 열 권을 기본 15일 동안 빌려볼 수 있으니. 이 많은 책을 무려 공짜로 마구 빌려볼 수 있다. 책의 중요성을 그렇게도 입이 닳도록 말하시는 분들이 계시는데 도서관은 정말 너무 부담 없고 좋다.

400번 대의 육아서를 중심으로 신간 쪽으로 발걸음을 옮겼다. 800번 대의 문학보다는 비문학을 좋아하는 나다. 자연스레 300번 대의 사회 쪽으로 빠지더니 끝내는 100번 대의 철학 쪽으로 발걸음이 옮겨갔다. 책은 꼬리에 꼬리를 문다고 했다. 여기저기서 추천받은 도서 목록을 메모해 둔 것이 생각이 났다. 글쓰기에 관련된 책. 800번 대 문학 쪽으로 가보니 글쓰기 책들이 한데 모여있다. 이것이 서점과는 다른 도서관의 매력이라고 할 수 있다. 어쩜. 열람석에 무더기로 쌓아놓고 볼 수 있다. 나름의 선별이 필요하다. 이 모든 책의 전부를 다 볼 수는 없으니. 나는 독자이니 입에 맞는 책을 찾는다. 일부는 대출하고, 일부는 구매하기로 했다. 시간은 넉넉하고 나에게는 카트와 차가 있다. 그리고 중요한 도서관 회원증이 무려 네 장이나 있다.

기본적으로 명의도용은 하면 안 되는 거다. 하지만 대부분의 사람이 명의도용을 묵인해 주는 부분이 있다. 바로 가족끼리 도서관 회원증을 공유하는 부분이겠다. 맘에 드는 책을 무려 마흔 권이나 한 번에 빌려 갈 수 있다. 물론 모든 도서는 일주일의 기간 연장까지 할 생각이다. 처음 읽는 책부터 대박이구나. 그동안 그저 내가 써 내려가고 싶은 대로 끄적일 뿐이었는데 좀 더 센스 있게 글 쓰는 법, 묘사하는 법 등이 나온다. 무려 책 쓰기 과정까지. 이렇게 조금씩 꼼지락거리고 끄적이다 보면 무슨 일이 생기긴 생길 것 같다. 그렇지 않다 하더라도 인생 살면서 내가 재미있으면 그걸로 충분히 의미가 있겠다. 수많은 책을 발췌독으로 읽고 있는데 큰 욕심이 살짝 생기려 한다.

"여기에 내 책도 있어야겠어."

김칫국을 사발로 들이키는 나. 어쩜 좋을까. 체하지 말아야겠다. 소화제가 필요하다.

3. 글쓰기가 내 커피값이라도 되어주면 좋겠다

출간 준비를 하면서 삼십여 권의 글쓰기 책을 읽었다. 도서관이라는 곳은 너무나 쓸모 있는 곳이라는 사실을 확실히 깨닫는 계기가 되었다고나 할까. 서점은 잉크가 겨우 마른 신간이 모여있는 곳이라면 도서관은 비슷한 분류의 책이 정말 많이 모인 곳이다. 흡사 논문을 준비하는 사람처럼 글쓰기에 관한 책을 한데 모아놓은 도서관의 한 칸의 책을 거의 쓸어 담아 자리에 앉았다.

대부분의 책은 양서이지만 더욱더 노른자 위의 책을 고르고 있는 나를 발견하게 되었다. 도서관에서 본 책도 있고, 소장해야 할 것 같은 책은 일부 구매하였다. 역시나 진리는 통한다는 말은 사실이었다. 책을 쓸 때 제목의 중요성을 절실히 느꼈고 출간한 후에도 중요함을 절실히 느끼고 있다.

최근에 읽은 책 중 '글쓰기로 먹고 살 수 있나요?'라는 책을 읽었다. 이 책을 읽은 결정적인 이유는 역시나 제목이었다. 글쓰기로 먹고 살 수 있을 정도라면 정말로 대박 책이어야 한다는 거다. 책의 내용이 너무 좋아야 하고 그에 따른 판매 부수도 엄청나야 한다. 그동안 읽은 글쓰기에 관한 책은 거의 다 본업을 유지하면서 부업으로 작가의 길을 가라고 하는 경우가 대부분이었다. 전업 작가의 길은 그만큼이나 이루어 내기 힘들다는 의견이 다수를 차지했다.

이 책은 글쓰기로 먹고살 수 있냐는 질문을 던졌다. 실제로 책의 저자는 드러내기 힘든 부분인 대필 작가라는 부분을 소개하면서 실제로 본인의 이름이 책 표지에 드러나지 않은 책을 다수 발간함을 밝혔다. 전업 작가란 정말 힘든 거구나.

나는 아주 소박한 사람이다. 글쓰기가 나의 생계를 책임져 주기 힘들다면 내 커피값이라도 되어주었으면 좋겠다는 소망을 가져본다. 저렴한 커피숍의 디카페인 커피라면 너무 좋겠다. 만약에 그것도 힘들다면 스틱 커피믹스라도 좋다. 괜스레 이런저런 생각이 드는 오후다.

4. 시작하기에 늦은 건 없다

내 나이 마흔다섯.

스물일곱에 결혼하여 18년째 결혼 생활 중이다. 엄마가 된 지는 15년째다. 시간 참 빠르게 지나간다. 올해의 달력도 마지막 장을 향해간다. 나이를 먹을수록 시간은 빨리 지나간다고 한다. 가속도가 붙는다는 말에 실감하고 있다.

지금 정도 되면 서점가에서는 신상 다이어리가 쏟아진다. 12월이 되면 온갖 다이어리가 쏟아져 나와 베스트셀러 자리를 찾아야 하는 기이한 풍경을 보이기도 하니 말이다. 꼭 뭔가를 시작하는 데에는 때가 있는 걸까? 꼭 1월 1일이 되어야 결심하고 다짐을 하는 걸까? 항상 그런 것은 아닌 것 같다. 오늘도 시작하기에 좋은 날이다. 오후 5시도 뭔가를 시작하기에 괜찮다. 뭔가를 하기에 괜찮을 때는 없다고 생각한다. 그저 뭔가를 하는 그 자체가 더 중요하니까.

작년에는 꼼수를 부렸다. 1년짜리 다이어리를 11월에 샀다. 11월부터 미리 내년의 계획을 세우는 거다. 일부러 12월부터 쓸 수 있는 다이어리를 사서 1년을 미리 시작하는 마음으로 살아보려고 했다.

시간이 지나고 보니 다 부질없는 일이다. 그저 매일 뭔가를 꼼지락거리는 것, 그것이 중요하다. 소설가 故 박완서 님은 무려 마흔 살의 나이에 등단해서 활발히 활동하셨다. 물론 나는 그보다 더 나이가 많은 나이에 시작했다. 나이가 더 많으니 늦었다고 생각하냐고 묻는다면? 그렇다고 말할 것이다. 늦은 것 같기는 하다.

하지만 나에게는 꿈을 지속할 수 있다는 믿음이 있다. 사람에게는 경험이 중요하다. 강렬한 경험 하나가 그 사람의 인생 방향을 바꿀 수 있다. 터닝 포인트라는 말도 있으니. 뭔가를 꾸준히 하면 끝내는 이루어진다는 것을 경험했다. 말로만 아는 것보다 경험으로 겪었을 때의 확신은 어마어마한 차이가 있다.

시작하기에 늦은 건 없다. 그저 내일로 미루려는 나만 있을 뿐이다. 안타깝지만 시작하기에 좋은 날은 이미 지나갔다. 하지만 다시 시작하기에 좋은 날은 오늘임이 분명하다. 굳이 달력이 새로 시작하는 1월 1일까지 기다릴 필요는 없다. 오늘이 딱 좋은 시작일이다.

자~ 뭐든 해보자.

5. 우울증을 극복하게 하는 2가지 방법

나는 친구가 별로 없다. 결혼하면서 연고지가 아닌 지역에 살고 있다. 이제 18년이 넘는 시간 동안 살다 보니 이제는 내가 사는 이곳이 연고지가 되어버렸다.

정규직의 출근을 반대하던 남편이다. 아이들이 크는 동안은 전업주부이기를 바라던 그였다. 그렇기에 간호 학원에서 강사 아르바이트를 했다. 동네 아줌마들과의 의미 없는 수다도 이제는 지겹다. 이러니 기분이 별로고 우울증은 잊을만하면 찾아오는 친구였다. 우울증에 좋다는 약은 있으려나? 특별히 약물 치료를 시도하지는 않았다. 매일 해야만 하는 살림과 챙겨야 하는 아이들 덕분에 그저 그렇게 하루하루를 채워갔다.

그러던 어느 날이다. 남편의 갑작스러운 이직이 계기가 되었다. 인생은 살려고 하면 다 살아지는 법이다. 아이들은 점점 커가고 있다. 맞벌이를 결심하게 된 순간이 왔다. 이왕 맞벌이하는 김에 3교대 근무를 하기로 결심했다. 3교대 근무하는 간호사 워킹맘.

처음에 우리 집안은 혼란스러움 그 자체였다. 아빠는 이직해서 적응하느라 바쁘고, 엄마도 갑작스러운 3교대 출근으로 입병이 나고 난리다. 아이들은 항상 있던 엄마의 부재에 당황하기도 했다. 그래도 너무 다행인 점은 아이들이 많이 컸다는 사실이었다. 시간이 지나도 계속 토네이도 같은 혼란 속에 머물렀다면 출근하는 삶을 지속할 수 없었을 것이다. 인간은 적응을 잘하는 동물 아니던가. 차츰 우리 가족은 변화된 상황에 잘 적응하고 있었다. 정말 하루가 금세 지나갔다. 그렇게 한 달, 1년이 지나갔다.

이제 매일 해야 할 일은 내가 전업주부로 있을 때보다 훨씬 많아졌다. 매일 출근하는 삶을 살고 있고, 주부로의 할 일도 잘 해내고 있다. 여느 워킹맘의 삶과 별반 다르지 않다. 그야말로 정신없이 바쁜 하루를 채워가고 있다.

곰곰이 생각해 보았다. 전업주부였을 때 우울증이 왔던 이유에 대해서 말이다. 왜 나는 우울증이 왔던 것일까? 왜 살아가는데 의욕이 없었던 것일까?

그것은 삶을 살아가는데 가슴 뛰는 뭔가가 없어서였다. 출근하는 삶은 그 전의 삶보다 더 바빠서 영양제를 챙겨 먹기도 한다. 더 힘들고 더 금세 지칠 수도 있는 삶이다. 하지만 출근하는 삶은 내게 소속감과 인정 욕구를 채워주었다. 나도 병원 직원의 하나라는 소속감을 주었고, 간호사로 일하면서 인정 욕구를 충족시켰다.

그리고 또 하나, 글 쓰는 사람으로 살아가다 보니 마음의 치유가 저절로 이루어지고 있다. 백지가 무서운 순간도 물론 있다. 그런 백지가 나에게 위로를 가져다주었다. 지금 충분히 잘하고 있다고 말이다. 우울증에 걸린 사람은 누군가의 위로가 중요하다고 한다. 특히 가족의 위로 말이다. 하지만 각자의 길로 떠나가 버릴 가족에게 매일 무한한 위로를 기대할 수는 없는 법이다. 그 위로를 백지가 대신해 주었다. 새하얀 백지에 까만 글씨를 채워 나가는 과정을 거의 1년이 넘도록 이어오고 있다. 물론 쉬어가는 날도 있다. 하지만 근근이 글쓰기의 끈은 이어가고 있다. 글쓰기를 하며 나를 스스로 돌아보는 계기가 되었고 이제 우울증과는 한 발짝 더 멀어진 느낌이다. 우울증과 아주 무관한 사람이라고 말하기는 곤란하지만 친하지는 않은 사람이라고 말할 수 있겠다. 나에게는 우울증을 극복하게 하는 2가지는 출근과 글쓰기다. 가슴 뛰는 이 2가지를 오래도록 지속하고 싶다.

책을 통해 얻은
자신감과 성장

첫 출간 후 얻은 것이 많다. 이전과는 다른 자신감을 갖게 되었다. 오랫동안 마음속에 품어두었던 꿈이 현실이 되었다. 자신을 증명한 경험은 나에게 큰 힘이 되었다. 글을 쓰며 느낀 고민, 새벽과 밤을 지새우며 다듬었던 문장들, 매일 쌓아 올린 작은 글들이 결국 책으로 완성되어 열매를 맺는 순간. 내 능력과 가능성을 다시금 확인했다. '내가 해낼 수 있다'라는 믿음이 생겼다. 그것은 단순한 글쓰기를 넘어 삶 전체에 긍정적인 영향을 주었다.

3교대 근무와 육아 속에 글을 이어가는 경험은 나를 더 강하게 만들었다. 물론 몸과 마음이 지칠 때도 있다. 그럴 때마다 글쓰기는 나를 일으켜 세웠다. 작은 성취를 경험하며 성장할 수 있었다. 어른은 성장판이 닫힌 사람이라는 고정관념이 있었다. 꿈을 꾸기에 이미 늦은 나이라는 생각 말이다. 하지만 내 안에 꿈의 씨앗이 있다면 마음의 성장판은 닫히지 않는다고 믿게 되었다. 글쓰기와 출간의 과정에서 더 단단해지고 자신을 믿는 법을 배웠다.

출간 후 독자들의 반응을 접할 때마다 글이 누군가에게 힘이 된다는 사실을 느꼈다. 그리고 그것은 뭐든 할 수 있다는 자신감을 불어넣었다. 때론 매일 글을 쓰는 것이 힘겨울 때도 있다. 이제는 글쓰기를 꾸준히 이어가는 것이 얼마나 가치 있는 일인지 확실히 알고 있다. 책을 출간한 것은 끝이 아니다. 새로운 시작이다. 그 시작이 나를 더 나은 사람으로 성장시키고 있다. 계속 쓰는 삶을 살아야겠다. 나는 나를 믿는다.

그냥 하는 거야

"그냥 하는 거야."

중학교 2학년인, 공부하기 힘들다는 1호에게 한마디를 했다. 내가 너무 공감 능력이 떨어지는 T형의 인간이라고 속단하신다면 그 마음은 거두어 주시기를. 나이의 숫자가 커질수록 현명한 어른이 된다는 것은 사실이 아닌 듯하다. 적어도 나에게는 말이다. 좀 더 나은 어른이 되기 위해 매일 책을 읽으려 노력하는 나다.

예전에는 몰랐다. 스포츠 브랜드인 나이키의 광고가 가슴에 박혔다. 특히 그 문구 말이다.

"Just do it!"

그냥 그것을 해라. 무언가 목표한 것을 실행하기 위해서는 그냥 하는 거다. 매일매일 강한 의지를 가지고 한 걸음 나아가려고 하기에 나의 의지는 고작 3일 정도 지속되겠지. 그냥 하는 거다. 이 말은 나에게 거의 철학처럼 다가왔다. 자꾸 되뇌어지는 말이다.

예전 김연아 선수의 선수 시절 인터뷰를 본 적이 있다. 인터뷰 기자는 운동할 때 무슨 생각을 하냐고 물었다. 김연아 선수는 피식 웃으며 이야기한다. 생각은 무슨 생각이냐며, 그냥 하는 거라고 한다. 그렇다. 그냥 꾸준히 하는 거다. 특히 운동은 반복 훈련을 해서 더 나은 모습을 보여주는 것이기에 일단은 그냥 하는 거란다.

최근 감명 깊게 읽은 책 중에는 『그냥 하는 사람』이라는 책이 있다. 김한균이라는 분의 이야기인데 그는 200만 원으로 연 2천억 매출을 만든 화장품 브랜드의 대표다. 이 책의 결론은 재지 않고 그냥 해야 결국 이긴다는 메시지를 준다.

가볍게 시작해서 완벽하게 끝낸다는 말을 한 그는 한 분야의 전문가가 되려면 꾸준함과 집요함으로 완벽해질 때까지 거듭하는 시간이 필요하다고 한다. 끈질기게 몰입하고 시도하고 보완해 가면 어느 순간 완벽에 가까워진다고 말이다. 그냥 해보겠다는 작은 용기로 실행의 첫발을 떼야만 뭐라도 달라진다는 저자의 말이 가슴에 남는다. 아무리 머릿속으로 시뮬레이션을 해봐도 바뀌는 건 없다. 그렇기에 그냥 해야 한다고 했다. 책 제목도 '그냥 하는 사람'이다. 그냥 하는 거다.

첫 책이 출간된 지 벌써 3개월이 지났다. 언제 이렇게 글을 많이 써 났냐고 1호가 내게 물었다.

"엄마가 매일 하루에 글 한 편을 썼어. 그랬더니 이렇게 글이 많이 쌓였더라구. 이걸 묶었더니 책이 된 거야. 그냥 매일 꾸준히 하면 돼."

나의 입에서도 같은 말이 나온다. 그냥 꾸준히 하는 삶. 별다른 요행은 없다. 그냥 하는 거다. 이런 말을 하면서도 가슴속 깊은 곳이 찔려온다. 요즘 괜히 게을러져서 글을 안 쓰고 있는 나다. 그렇기에 매일 글 발행을 못 하고 있다. 뒤통수가 저려온다. 누군가 내 뒤에 소리를 지르는 것 같다.

"그냥 하는 거야~~"

네! 알겠습니다.

이렇게 오늘도 글 한 편을 작성하여 발행하는 삶을 산다. 결국에는 뭐든 꾸준히 그냥 하는 사람이 이긴다. 그것을 잠시 잊고 있었다. 삶에 너무 무리 되지 않는 범위 안에서 지속적인 글 발행을 다시 해보려 한다. 그냥 하는 거다.

다시
씨앗을 심다

내 책이 세상에 나와 열매를 맺었다. 잠시 멈춰 서서 그동안의 여정을 돌아보았다. 매일 새벽과 밤을 지새우며 글을 쓰던 시간, 3교대 근무와 육아 속에서도 글을 이어간 순간들, 이 모든 것이 한 권의 책 속에 녹아 있다. 그때 느낀 감정은 말로 표현하기 어려울 만큼 벅차고 따뜻하다. 하지만 열매를 맺었다고 해서 멈출 수는 없다. 글쓰기는 여전히 나의 일상이다.

책을 출간한 경험은 커다란 자신감을 주었다. 동시에 더 큰 책임감과 새로운 도전을 향한 용기를 안겨주었다. 첫 책이 나오고 한동안은 아무것도 쓰지 못했다. 마치 긴 달리기를 끝내고 숨을 고르는 사람처럼 한동안 쉼의 시간을 가졌다. 오랜만에 다시 노트북을 켰다. 커서가 깜빡거리는 노트북 화면 앞에 앉자 처음 브런치를 시작하던 날의 설렘이 되살아났다. 이제 더 이상 무섭지 않다.

첫 책은 나의 삶을 세상에 소개한 기록이었다면, 두 번째 책은 나에게 다시 약속하는 다짐이다. 앞으로도 계속 쓰는 사람이 되고 싶다. 그래서 또다시 씨앗을 심기로 했다. 매일 앉아 오늘 하루의 작은 마음을 꺼내 적는 일을 말이다. 언젠가 또 싹이 나고 꽃이 피고, 열매를 맺겠지.

글을 쓰는 동안 내 안의 목소리를 들을 수 있었다. 나와 세상을 이해할 수 있게 되었다. 이 책을 읽는 당신에게 말해주고 싶다. 글쓰기는 특별한 사람만의 일이 아니다. 나도 했으니 당신도 할 수 있다. 당신 안에도 이미 작은 씨앗이 심겨 있다. 오늘 그 씨앗에 물을 줄 수 있기를. 그리고 언젠가 당신의 꽃도 피어나기를.

두 번째 책이 완성되어 가고 있다. 그 과정에서 글쓰기가 나만의 치유의 시간이자, 세상과 소통하는 창구임을 다시 한번 느꼈다. 책이 출간된 후에도 글을 계속 쓰는 이유는 단순히 작가로서의 성취감 때문이 아니다. 글쓰기를 통해 나 자신을 돌아보고, 삶을 더 깊이 이해하게 되었기 때문이다. 한 권의 책은 끝이 아니다. 더 큰 이야기를 이어가기 위한 시작이다.

열매를 맺은 후 그 자리에 씨앗이 남는다. 그 씨앗은 다시 새로운 꽃을 피우기 위해 준비한다. 나도 마찬가지다. 책을 출간한 후, 새로운 씨앗을 심었다. 그 씨앗이 자라나 또 다른 꽃을 피울 수 있도록, 계속해서 글을 써나갈 것이다. 꽃이 피어난 후 다음을 향해 나아간다. 그 길이 때로는 험난하고 외로울지라도 꿋꿋이 걸어갈 것이다. 그것이 나를 더 나은 사람으로 성장시킬 것이라고 믿기 때문이다.

나는
오늘도 쓴다

누구나 잡고 싶지만, 붙잡아 둘 수 없는 것이 있다. 그것은 바로 시간이다. 부지런히 살아가든, 게을리 살아가든 누구에게나 똑같이 주어진 하루라는 시간은 쏜살같이 지나가기 마련이다. 내 안의 꿈의 씨앗을 꺼내어 열매를 맺었다. 몇 달의 시간이 지나갔다. 2025년 5월에 첫 출간을 했다. 처음 글을 쓰기 시작할 때는 그저 상상만 했다. 나 역시 많은 글 쓰는 이들이 꿈꾸는 것처럼 출간은 그저 막연히 다른 세상의 것이라는 편견을 가진 채 말이다.

이제 와 다시 생각해 본다. 그것은 편견이라기보다는 나에 대한 자기 확신의 부족이었다. 과연 내가 글을 쓴다고 해서 책을 낼 수 있을까 하는 생각 말이다. 이런 생각이 나를 붙잡고 흔들고 있지는 않은지 곰곰이 생각해 볼 필요가 있다.

글을 쓰는 데 있어 모든 글이 출간으로 이어지지 않을 수도 있다. 솔직히 그럴 필요도 없다고 생각한다. 하지만 꾸준히 글을 쓰고 노력한다면 언젠가는 그 열매를 맺을 날이 오리라는 것을 믿는다. 좀 일찍 열매를 맺을 수도 있고 늦게 열매를 맺기도 한다.

최근에 읽은 글 중에 감명 깊은 글귀가 있다.

"해보지 않고는 당신이 무엇을 해낼 수 있는지 알 수가 없다."
- 프랭클린 아담

과거의 나는 지금 나의 모습을 상상만 했다. 상상만 해서는 이뤄지는 것이 하나도 없다. 작은 습관을 만들어 매일 조금씩 꼼지락거려야 한다. 비록 오늘은 아주 작은 움직임일지언정 시간의 힘을 빌면 커다란 변화로 다가올 것이다.

마지막에 꿈을 이루는 사람은 계속 도전하는 사람이라고 한다. 오늘 실패했다고 해서 무너지면 안 된다. 그러면 어떻게 할까? 또 도전하면 된다. 또 실패하면 어떻게 할까? 또, 또 도전하면 된다. 끝내 꿈을 이루는 사람은 끝까지 도전했던 사람이다.

출간 작가가 된 현재 나의 삶은 어떨까? 책을 세상에 내놓기 전에 상상했다. 출간하면 하늘이 뒤집힐 정도로 큰 변화가 있을 줄 알았다. 하지만 나는 여전히 평범한 일상을 살아가고 있다. 3교대 간호사로 근무하는 워킹맘으로 말이다. 물론 나를 부르는 이름에 '작가님'이라는 호칭 하나가 더 늘었다는 작은 변화는 있다.

책 한 권을 냈다고 해서 인생이 송두리째 바뀌지는 않는다. 이제는 알고 있다. 나는 뭐든 하면 된다는 것을 몸소 실천해서 아는 사람이 되었다. 꾸준한 매일의 글쓰기는 어렵고 힘겨운 일이기도 하다. 꾸준히 한다는 것 자체가 지루한 과정이라는 것을 알고 있다. 하지만 이 작은 노력에 시간이 더해진다면 대단한 것이 되어 있기도 하다는 것을 알아야 한다.

마지막으로 말하고 싶은 것이 있다. 당신의 꿈도 반드시 피어날 수 있다는 것을 말이다. 비록 지금은 작은 씨앗에 불과할지라도. 꾸준한 관심과 노력으로 그 꿈은 싹을 틔우고, 꽃을 피우며, 언젠가는 열매를 맺게 될 것이다. 나처럼, 당신의 이야기도 언젠가 빛을 발할 순간이 올 것이다. 그날을 기다리며 오늘도 한 줄씩 꿈을 써 내려가길 바란다.

당신도 함께 피어나자. 브런치라는 정원에서 당신만의 꽃을 피우고 열매 맺기를 기대한다.

감사의 글

두 번째 책이 세상에 나왔습니다. 이 책이 세상에 나올 수 있도록 또 한 번 저를 믿어주신 미다스북스 관계자 여러분께 깊은 감사의 말씀 드립니다.

저를 브런치 작가로 이끌어 주신 슬기로운 초등생활의 이은경 선생님과 슬초 브런치 3기 동료 작가님들께 감사의 말씀 전합니다. 애정 어린 추천사를 써주신 허진애 작가님, 브런치의 유영해 작가님께 무한한 감사의 말씀 전해드립니다.

꾸준한 글쓰기는 쉽지 않았습니다. 브런치스토리의 글을 읽어주시는 수많은 독자님 덕분에 계속해서 쓰는 삶을 살아가고 있습니다. 정말 감사합니다.

늦은 글쓰기를 하는 저에게 언제나 넉넉한 신뢰를 주는 남편 황종선 씨, 엄마가 뭔가를 시도할 때 항상 응원해 주는 보물 1호 아들 가온이와 보물 2호 딸 가람이에게 영원히 사랑한다는 말을 글로써 전하고 싶습니다. 온 마음을 다해 사랑합니다. 감사합니다.